日本人の愛したことば

中西 進
Nakanishi Susumu

東京書籍

日本人の愛したことば　目次

III

装丁＝片岡　忠彦

日本人の愛したことば

I

情に生きる

理を超えようとする力

心情に発した日本国憲法

いま、あらためて日本国憲法が関心を呼んでいます。

「平和憲法」といわれる日本国憲法は、一九四五年に戦争が終わり、翌年公布されました。その第九条には「戦争の放棄」が掲げられています。それを改正するかしないか、意見が分かれて、これまでも長い間論議されてきました。

第九条には、日本は交戦権を持たない、すなわち戦いは自分からはしないとあります。それを一般には「戦争の放棄」と呼んでいるのです。

「戦争を放棄する」憲法は、けして日本だけのものではありません。日本がこの憲法を制定する直前に、フィリピンが同じような憲法をつくりました。その後フィリピン以外にも、いくつかの国の憲法に書かれています。

しかし、日本国憲法第九条には第二項があります。そこには、日本は「陸海空軍その他の戦力は、これを保持しない」とあります。つまり軍隊を持たないと明記しているのです。

これは、世界中で日本国憲法にしかありません。「戦争を放棄する」という条項が「軍隊を持たない」と続く憲法は、世界広しといえども日本にしかないのです。まさに空前絶後の憲法をわたしたちは持っていることになります。

では、どうしてこんな憲法を持ったのか、そんなことをいったら困るではないか、と思う人も多いでしょう。

わたしが以前勤めていた大学で、二〇〇六年に「京都国際会議二〇〇六」という国際会議をしました。「芸術がデザインする平和の形」というテーマでした。芸術は平和のためにどう役立つかというテーマです。

ところがその最終日の朝、一〇時三六分に、朝鮮民主主義人民共和国が地下核実験に成功したというニュースが飛びこんできました。テレビを見ますと、北朝鮮の女性アナウンサーが誇らしげに成功したと報じている映像が流れていました。

少し前には、ミサイルが日本海に飛んでくるということもありました。

そうした国際情勢の中にありながら、日本は「戦力を持たない」といっているのです。それでいいのか、そんなことが可能なのかという疑問が、日本国民の一人ひとりの問題としてあると思います。

さてどうして日本は軍隊を持たないことにしたのか。これにはふたつ説があります。ひとつは、時の総理大臣、幣原《しではら》喜《き》重郎《じゅうろう》がそう主張したという説です。もうひとつは、当時のGHQから押しつけられたという説です。

調べてみますと、幣原喜重郎がそう発言しています。それに対してGHQのマッカーサー総司令官が椅子《いす》から転《ころ》げ落ちんばかりに驚いて幣原の手を取り、「お前は素晴らしいことをいう」といって感動したという記録が残っています。マッカーサーも『自伝』の中に書いています。

ところがそれにもかかわらず、世の中では、第九条はアメリカから押しつけられた憲法だといわれています。なぜか。のちに幣原喜重郎がこれを議会に上程して憲法にする時、自らは一歩退いて、「アメリカからいわれてこういうことにする」という方針を取ったからです。そうしなければ、時の議会を通すことがむずかしかったのでしょう。

十分ありうることです。政治とはそういうものですね。「俺がこう思う」といっても、通りません。幣原喜重郎はあの戦争の惨禍《さんか》を見ていた。とにかく原子爆弾を落とされたのですから、自分の信条として、とてもわたしたちは軍隊なんか持てない、戦争なんかできないといったのです。それを聞いたマッカーサーが、それは大変いいことだ、ぜひ憲法に盛るべきだと応えたのです。

ただ、絶対に戦争なんかしないといった幣原喜重郎と、憲法にしなさいといったマッカーサーの間には大きな違いがあります。憲法にするとなったら、手段を講じなければいけませんし、議論を尽くさなければなりません。幣原喜重郎は、そういったばかりに大変な困難を背負いこんでしまった。

しかしこれは幣原喜重郎の心情であり信条でした。

戦禍の東京

わたしは戦争中、東京に住んでおり、工場に動員されていました。勉強なんか、何もできません。何もしないのに、時期が来れば中学(旧制)一年生が二年生、二年生が三年生になるのです。わたしはしかたなく辞書を読み始めました。「あ」からずっと読むのです。当時、三省堂の『広辞林』という辞書がありましたが、それがおもしろくて仕方ありません。そういう勉強しかできない時代でした。

夜は寝られません。夜になると必ずサイレンが鳴って、空襲があります。サイレンが鳴ると防空壕に入らなければなりません。最後にはわたしはふてくされて家の中で寝ていましたが、母親が一所懸命「早くこっちに来なさい」と防空壕からいつまでも呼ぶのです。もう寝ていられない。連合軍は神経作戦的に成功しました。みんなを神経衰弱にさせましたから。

機銃掃射ですぐ近くをバリバリと撃たれたこともあります。

わたしは郊外に住んでいましたが、工場は都心にありましたから、翌朝都心に行くといたるところに裸の死体が転がっています。

すごい爆風で着物が脱げるのです。その上で窒息死する。ですから無傷ですが、埃《ほこり》や煙で真っ黒です。真っ黒で無傷な体が裸で手足を硬直させてあちこちに転がっているのです。蠟《ろう》人形そのものでした。

わたしは今でも蠟人形がいやです。死体を思い出します。そういう中を通って工場へ行く日々を過ごしていました。

同じものを時の総理大臣が見ました。これから国を導いていくという時に、戦争など絶対にしないと考えない首相がいたら失格です。そういう首相が占領軍の総指揮官のところへ行って、戦争の悲惨さには耐えられないというのも当然のことでしょう。そこで、現在の憲法ができました。

「情」と「理」

さて、こうしてできあがった憲法にはメリットとデメリットがあります。

戦争放棄をうたった憲法ができた直後に、朝鮮半島で戦争が起こりました。もしその時、日本が軍隊を持っていたら、朝鮮の最前線で日本の若者たちはバタバタと殺されていったでしょう。それがなかったのは、今の憲法があるからです。その後、ベトナム戦争がありましたが、ここでも日本は戦闘に参加することを免《まぬが》れました。イラク戦争もそうです。後方支援という大義名分が立つのは、軍隊を持たない憲法があるからです。

しかし、デメリットもたくさんあります。占領されたらどうするのか、武力の前に何ができるのか、という心配です。

法は、いかにあるべきかという理想と、それを構築する論理の上に成り立つものです。戦力なき憲法を選択するという理想の発端は、時の総理大臣の、二度と悲惨な戦争を起こしたくないという信念からでした。その気持ちと、憲法によって国家を実際に運営していくという現実との差に、いま日本人は苦しんでいるのです。

だれ一人、必要もないのに好んで戦争で死ぬのがいいと思う人はいないでしょう。もしいたら、それは個人的な精神的傾向の特殊な例です。

戦争が終わった年、わたしはあと二年経ったら戦争に行く年齢でした。二年早く戦争をやめてくれたので、どうにかこうして生きています。また、原爆の落ちる二年前に広島から東京に帰ってきました。あと二年向こうにいたら、いまここにはいません。生きながらえることがいかに素晴らしいか、いま実感しています。

気持ちとしてはだれも死にたくない、戦争には行きたくないと思う。しかし国を護るためにはどうするかという議論の中で、軍備が必要とされてくる。世界が直面する絶対矛盾の「情」と「理」の中で、日本は世界でたったひとつ、「情」の方を重んじた国です。

戦争はいやだ。戦争で迷惑をかけるのはやめよう。自分たちがどんなに攻められても軍隊は持たないとは、大胆な「情」の尊重です。

それほど日本人は長いこと「情」を大事にしてきました。しかもそれを憲法にまで盛ったのは日本だけです。

時の総理大臣が、いざ戦争になったらどうするのかということを考えなかったはずはないでしょう。

いったい、幣原喜重郎は平和憲法をどう考えていたのか。日本が攻められたらどうするのか、ということもきっと考えていたと思います。

「ひたすら善をなせ」

しかし、「情」だけを重んじる総理大臣では困ります。ではどうしたらいいのか。じつはこの議論はすでに中国の孟子《もうし》の考えにあり、日本でも明治時代すでに中江兆民《なかえちょうみん》が述べています。

中国の戦国時代に小さな国がありました。両隣に大国があり、今日滅ぼされるか、明日滅ぼされるかわからないようなところでした。そこで、その小国の代表者が孟子のところへ行って聞きました。孟子先生、我が国はこうなっています、どうしたらいいでしょう、と。たとえば大変な軍備をするとか、お金をどこかから借りるとか。幕末の頃、幕府はイギリスなどからたくさんのお金を借りました。そのようにお金を借りて武力を蓄えることもありうるでしょう。

すると孟子は、滅ぼされるかもしれない祖国を救う方法として、「ひたすら善をなせ」と答えた。いいことをしなさい、といった。

しかし国民全体が善をなすという気持ちを持っていても国家は滅ぼされます。それはだれだって悪いことだと思います。

国が滅びるというのは本当に大変なことなのです。元寇の役《えき》で、大陸の兵隊が朝鮮を占領して日本に攻めてきました。そのとき最前線に立ったのは元の兵隊ではなく、全部朝鮮の兵隊です。つまり、自分が征服した国の勢力を使って次の植民地を獲得するのです。これが戦争の習いです。ベトナム戦争もそうです。アメリカ兵の死者よりも、ベトナム兵の死者の方が多いとききます。

国を失うというのはそういうことです。

ですから、日本がもしどこかに占領されたら、その軍力の大半は日本の負担になります。最前線に立って戦うのは日本の兵隊です。それが国を失うということです。ミュージカルの「アイーダ」の中で、ヌビアという祖国を失った人が絶唱するところがあります。「ああ、我が祖国」と歌う。スメタナの「我が祖国」もそうですし、「フィンランディア」(シベリウスの交響詩)もそうです。祖国の存亡にこだわるのは、そういう悲惨な目に遭うからです。

しかし、もしそうした状況になったとしても、ひたすらに善をなすことができる良識、人格を残しておけば、いったんは国は占領されるかもしれないが、必ず次に祖国を興《おこ》すことができる。そういう自覚を、それぞれの人格の中につくることが国を興すことであり、国防なのだ、というのが孟子の答えだったとわたしは考えます。

「教育」ということばは孟子がつくったことばです。本来の「教育」という概念はそういうものです。教育とは、確固とした人格をつくることです。一人ひとりがどんな状況になった時でも、どういう対応ができるか、どういうふうに自らの誇りを回復することができるか。

国家という人格、「国家格」もそうです。孟子はそういうものをつくろうといったのです。

わたしは、幣原喜重郎が孟子を知っていたのではないかと思います。軍備がなかったら、国は当然滅ぼされます。ではどうしたらいいか。徹底的に国を滅ぼさず、亡国の憂《う》き目に遭わないようにするためには教育を盛んにすることだ、と考えていたのではないでしょうか。

これはいろいろな国で証明されています。日本でもよちよち歩きを始めた明治政府は本当にひ弱な政府でしたが、その時に外国の知をたくさん借りました。外国人のお雇い教師をたくさん雇ったのです。しかもその給料は、時の総理大臣より高いものでした。それぐらいに熱心でした。後進国はまず教育に力を注ぐのが世界の常です。

いま、エジプトでは教師がものすごく優遇されているといいます。新しいエジプトをつくるためにはまずは教育だということです。「ひたすら善をなせ」とは、そういう意味です。幣原はそれを知った上で、戦力の放棄を決断したのではないかと思います。

しかしそう考えても、どこに客観的保障があるのか、と思いませんか。教育をした、善意を持っている、するとそれで次に国が興るという理屈はどこにもありません。何ドル儲けて、どういう設備をつくって、どういうふうに産業を興していけばいいかを考えれば、国が興る将来はある程度見えるでしょう。しかし、ひたすら善をなしても見えません。

じつは備中松山藩の幕末の儒者、山田方谷《やまだほうこく》はその著『理財論』で右の孟子の逸話をあげています。『理財論』も「情」に対する一定の信頼、価値観を置いているのです。

「十七条の憲法」と「禁中法度」

日本人が「情」を重んじるのは、平和憲法で初めて起こったことではありません。日本にはずっと「情」を大事にしてきた歴史があります。ひとつの国民感情として、平和を願うことがあるのです。

「平和」の「和」ということばを取り上げてみます。

日本の一番最初の憲法は、聖徳太子が六〇五年につくった「十七条の憲法」です。天皇家が蘇我氏という大豪族と結託して国家と呼べるものをつくったのが七世紀、これが日本の国家としての始まりです。その最初の憲法が十七条の憲法でした。

十七条の憲法とはどういう憲法でしょう。第一条が「以和為貴（和を以て貴しとなす）」とあります。「為」というのは、「なす」と「せよ」というふたつ読み方ができますから「和をもって貴しとせよ」でもかまいませんが、「和」はわが国最初の憲法の第一条に掲げられ、その千三百年後に第九条を持った平和憲法があるのです。

十七条の憲法ができた前の年まで、日本は朝鮮半島の新羅《しらぎ》と戦争をしていました。しかし戦争の経過は思わしくありません。派遣している将軍が死んで、代わりの将軍を任命したら、途中まで行って、奥さんが死んでしまったといって、軍隊を引き連れて帰ってきた。それが前年です。新羅と泥沼状態の戦争をしていたのです。

その後でできたのが十七条の憲法ですから、もう戦争をやめよう、という平和憲法です。こうして日本人が「和」を願う心情によって国家の基本をつくる姿勢は、千三百年変わっていない。幣原喜重郎も十七条の憲法を知っていたはずです。

それでは、その間の千三百年はどうなっているのか。当然疑問があると思います。

少し飛びますが、十七世紀、一六〇〇年代にも、やはり同じ十七条によってつくられた決まりがあります。徳川家康がつくった「法度《はっと》」です。

そのひとつが、「禁中《きんちゅう》並《ならびに》公家《くげ》諸法度《しょはっと》」、（以下略称で「禁中法度」）です。禁中は内裏《だいり》、朝廷のことです。そのほか、「山門諸法度」とか「武家諸法度」など、いろいろな法度を家康は策定しました。

「禁中法度」も十七条ですので、十七条憲法を意識したに違いないとわたしは思います。

これができたのは元和《げんな》元年、大坂城が完全に陥落した年（一六一五年）です。つまり豊臣の力をしりぞけて、徳川が天下を統一した年です。その元和という年号にかけていう「元和《げんな》偃武《えんぶ》」ということばがあります。「偃武」とは「戦争をやめる」ということです。その元和偃武の精神を実現しようとしたものが、さきほどの「法度」、そのうちのひとつが「禁中法度」です。

「禁中法度」では、まず最初に「天子」の地位を規定しています。その順番はすぐ日本国憲法を思い出させるでしょう。日本国憲法の中でも、最初に天皇を「国家の象徴」とまず規定しています。その「象徴」というのは、幣原喜重郎が当時の外国のことばをそのまま使ったのですが、「禁中法度」でも天皇を「象徴」と似たように、「天子第一御学問なり」と規定しています。

家康がこれを出す直前に、豊臣方は天皇に「豊臣と徳川との間の和解を斡旋《あっせん》してください」と要請しました。日本が（太平洋戦争の終結の斡旋を）ロシアに頼もうとしたようなものです。すると、家康は天皇に「斡旋などしなくても結構です」と答えました。つまり武力に介入しないでくださいということです。それをもう一度ことばをあらためて、天子は第一に学問をすることだ、といったのです。

学問をしても武力になりません。つまり孟子の「ひたすら善をなせ」のように、学問をすることが、法度の第一条に決めた天皇の役割でした。ただ、第一御学問は後述の『禁秘抄』を踏襲したものです。家康はそれを確認したのです。つまり非武力を日本の代表格に置く思想が「禁中法度」の第一条です。「禁中法度」はそのあとの条項で武士たちがどうすべきかを具体的に決めていきます。それは非常に具体的です。徳川は幕府を樹立して平和国家を建設しようとしていたからです。

そもそも、支配階級の人たちはみんな何万石という力を持っている戦闘集団です。それをたくさん抱えながら、これから平和な時代を実現していこうとするのです。あらくれどもの戦闘集団を知的上層集団へと変えなければいけない。それが家康に課せられた任務でした。そのために、いろいろと規制しなくてはならない。

和歌の力

先に述べた『禁秘抄』は、十三世紀に順徳院が朝廷のあらましの事柄を幕府に示した書物ですが、そこにも「天皇家は学問をすべきだ」と書いてあります。十三世紀の『禁秘抄』の思想を受けて、十七世紀の「禁中法度」ができあがった次第です。

ところで『禁秘抄』は、「和歌をたしなむことが天子の役割だ」と書いてあります。だからいまでも宮中で歌会始《うたかいはじめ》があるのだと合点がいくかもしれませんが、わたしがいま強調したいのは「和歌の力」です。

和歌にどれほどの力がありますか。原爆が落ちる時に、和歌を詠んでいてもどうにかなりますか。和歌には具体的で実際的な力は何もないでしょう。しかし、和歌が大事です、日本の国家格を代表する人は和歌に優れた人です、と言明しているのが『禁秘抄』です。

その和歌の次に何と書いてあるか。これは「禁中法度」では取り入れていないのですが、「好色のことが大事だ」と書いてあります。いま、「あなた、好色家ね」と友だちにいわれたら、どうでしょう。ところが十三世紀には、天子をアイデンティファイする条件が「好色」でした。

そこで好色とはなんぞや、と考えていただきたい。日本語では「好き」といいます。この「好き」こそ、和歌の力だというのです。

ますます、和歌にはどんな力があるのか気になります。十七条憲法の三百年後、九〇五年に『古今集』ができます。その序文に、「天と地の中で一番力があるのは和歌である。鬼神もあわれと思わせ、男女の仲も和らげ、もののふの猛々《たけだけ》しい心もあわれだと思わせる。これが和歌である」とあります。

和歌がすべてのものに感動を与えるというのです。

これほどに、「和歌」は一種の平和の願いです。

こうして、七世紀の和を貴しとする宣言、十世紀の和歌の尊重、十三世紀の「学問」「和歌」の重視、その十七世紀での確認、そして二十世紀の平和憲法。これらはみな同じ精神を謳っています。つまりすべて心情を重んじる価値観で、「理」ではないのです。

海に沈んだ文化

さて、いまクローズアップしてきているのは「情」ということばですが、とりわけ、「情」を価値の第一として文化を完成した時代は、平安時代です。

平安時代までは公家《くげ》の時代で、平家が滅んで武家の政権が成立しました。そこで「情」の文化が大きく転換することになります。

平安時代に完成をみる文化が「情」の文化であるという証拠はいくらもあります。一例として平安時代は女流文学の盛んな時代でした。『源氏物語』をはじめとして女流文学の隆盛や、和歌の繁栄など、まさに人間の柔らかな情感を最大の価値として文化が築かれた時代が平安時代でした。

それ以前の奈良時代は非常に国際的であり、「情」の文化を生むための揺籃《ようらん》の時代でした。今日の日本人の美意識の基本は『古今集』といわれています。花札もそこにもとがあるのです。

ところが、公家文化に身を寄せたばかりに平家は滅び、今度は「力」を尊重する武士の時代になります。戦国時代の動乱の後、徳川時代が続きます。その徳川幕府も源姓を名乗ります。ですから、頼朝に始まって徳川時代までずっと源氏の時代なのです。それが武士の時代です。

明治三十一年（一八九八年）に徳川慶喜《とくがわよしのぶ》が朝廷に召し出されます。それまでは朝敵でしたが許されて謁見《えっけん》を仰せつかる。それを喜んだのが勝海舟です。

その時に勝海舟は、源氏が基を築いた三百年の時代、その結び目が、今日めでたく行われる、という歌をつくっています。つまり、徳川幕府は鎌倉幕府から始まっているという認識です。

これを広く「武家文化の時代」と呼んでいいでしょう。これは、女性原理の「情」を中心とした時代から大きく変わっています。

それでは、次の明治政府はどうしたか。「富国強兵」を唱えました。これは武家文化の延長です。壇ノ浦に滅んだものの回復ではありません。

しかし「武」の挫折は一九四五年に訪れました。太平洋戦争の敗戦です。そこから日本は経済立国を目指しました。経済という戦いにおいては日本は大国を維持していくのだという、力（武）の論理によった国づくりです。しかし外国からは、エコノミック・アニマルと評されました。

その後小泉内閣は「科学技術創造立国」を提唱しました。科学技術で日本をクリエイトしていこうというのです。そしてノーベル賞をたくさん取ることが目標になりました。とにかくそこまでは頑張り精神、力の論理がつづきます。「情」を捨てた八百年でした。ところがです。政治や社会の志向や変動にもかかわらず、歌舞伎にしても能にしても、いわゆる「平家物」がたくさんあります。日本人は平家滅亡に対する哀韻《あいいん》を、今日に至るまで脈々として文化の中に湛《たた》え続けています。

平家物といわれる、「船弁慶」とか「忠度《ただのり》」という謡曲がなぜ行われるのか。それは滅び去った「情」文化へのノスタルジーです。いかに政府の主導者が「武」を論じ、「力」を賛美し続けて政治を行ってきても、日本人の心根の一番底のところでは、滅び去った「情」へのノスタルジーがずっと続いているということです。

平家はどうやって滅びたか。安徳天皇を抱いて瀬戸内海に沈んでいきました。地図をご覧になって、内海を持っている国を探してみてください。たとえば中国に内海はなく、それを指す単語もありません。「海内」と「海外」しかないのです。海の向こうと海のこちら側です。それに対して日本には海内の内海があるのです。

内海があるかないかによって、どういう違いがあるのか。地中海は国は違いますが、ヨーロッパのひとつの内海です。「mediterranean sea」という地形の中から、エジプト文明も、ギリシャ文明も誕生しました。「mediterranean sea」の基本には、「meditation（瞑想）」があります。目をつぶって静かに考える思索です。これが調和的な知の成熟をもたらしました。

そのような海に沈んだのが平家で、その平家に対する哀韻を語ったのが目を閉じた琵琶《びわ》法師です。まさに「meditation」の中で平家の哀韻を奏《かな》でている。そのことをずっと忘れずに、平成の今日まで涙を流しているのが日本人です。

源義経も死にましたが、それはけして「meditation」の対象にはなりません。東北へ行って死んだ後、大陸に渡ってジンギスカンになったという説まであります。源氏の末路はそのように語られ、平家の末路はかく語られるという違いがあります。それが「情」というものを持っている文化のひとつのあり方です。

「瞑想」の中に「情」文化を閉じこめながら、今日なお「情」文化を忘れない。それが日本の文化です。

「知」と「心」

いつも日本人は情を忘れないのですが、一方で大きな「知」の力を成長させました。加藤清正に仕えていた大身《たいしん》の武士の子が僧の契沖《けいちゅう》です。元禄に活躍した国学者です。

また徳川幕府は朱子学を取り入れようとして、お坊さんを還俗《げんぞく》させ儒学者に仕立てました。それが徳川の最初の儒学者、藤原惺窩《ふじわらせいか》、林羅山《はやしらざん》です。

その「知」を日本人の中に植え付けるのに、儒教は非常に大きな影響を与えました。漢学の家として林家《りんけ》を立て、代々世襲させて学問の中心とすることで、儒学を日本の学問として決定したのです。次つぎと儒学者たちが世に出ました。

これによって徳川の二百六十年間は平和でした。その平和の時代を通して日本人の中にさまざまな「知」が蓄積され、新しい体制ができあがりました。

しかし朱子学や陽明学は、本来、非常に rigorous（厳格）な論理の学問です。ところが日本で儒学者を次つぎと重ねる中で、日本的な変容を遂げ、中国の儒学と違った儒学が日本でできあがりました。それは、「心」を重んじる儒学であり、いわゆる「心学」です。

中江藤樹《なかえとうじゅ》は、そうした意味では大変大胆な儒学者で、「中江藤樹」学ではなく、「中江藤樹」教の趣《おもむき》をもちます。「儒教」ともいうように宗教ともされます。宗教というのは心を問題とします。「良知を致す」ということばがありますが、これも本来のことばの意味とまったく変わって、人間は修行していくと、立派な知を持つに至る、というように解釈されます。本当は、「本来の立派な知に到る」という意味なのですが。

そういうふうに変わってきた結果、きわめて心情に偏った儒学になりました。「情」を捨てたと思い、世の中は「知」を大量に涵養《かんよう》する時代になったといいながら、いつも「心」に牽引《けんいん》されているのが日本人です。

その一番いい例が、本居宣長《もとおりのりなが》という国学者の登場です。本居宣長は「もののあはれ」という考え方を重視しました。まさに、ものに感動する心が基本だというのです。「ああ、はれ」というあはれ」がいいというのは、「心」以外の何物の尊重でもないでしょう。

ですから恋愛を賛美することにもなります。恋愛は儒教では否定されます。まして仏教では心の障《さわ》りになるのですが、そうではなく、男女の仲も和らげるというあの和歌の精神を取り上げて、「もののあはれ」という考え方を示したのです。

ちなみに、わたしの考えるところ、宣長は思いつきで「もののあはれ」をいったのではないと思います。『論語』の中に「思無邪」という『詩経』の詩を孔子が批評したことばがあります。考えの中に邪《よこしま》なものがない、という意味です。「もののあはれ」は、どうもこれに結びつくようです（『日本の文化構造』岩波書店、二〇一〇）。つまり、本居宣長は孔子のいった「思無邪」を「もののあはれ」といい換えたのではないか。宣長自身は「長年『もののあはれ』を考えてきた。気がついてみたら、論語に『思無邪』という句があって、非常に近いことを知った」と書き残しています。

「思無邪」と共通するにしろ、「もののあはれ」という考え方の背景には、日本人が根幹としてずっと持っている「情」の流れがあるのではないでしょうか。

第二知

これまで述べてきたことの結論をいえば、日本文化とは「情」の文化である、ということです。

数年前に、テレビで『忠臣蔵』についての放送があり、松平定知さんが司会で、経済学者や心理学者がコメンテーターとして並ぶ中にわたしも参加していました。最後に「それじゃあ先生方、世界に『忠臣蔵』を発信していくとしたら、どういうところが取り柄《え》か、ひとことずついってください。はい、中西さん」といわれたのです。わたしはその時、『忠臣蔵』というのはみんなを泣かせる。歌舞伎で赤字になったら『忠臣蔵』をやればいつも持ち直すくらい。だから、『忠臣蔵』の『情』がいかに大事かを世間に主張すべきです」と提案しました。

そうしたら、ある有名な経済学者が即座に「いや、中西さん、このグローバリゼーションの時代に『情』なんて持ち出しても、通用しません」とわたしに反論しました。これが学会でしたらディベートをするのですが、公共放送の番組ですから、「それじゃあ、あとで議論しましょう」というにとどめました。

わたしの考えはいまだに変わっておりません。やはり、日本がこれから発信すべきものは「情」です。経済学者は経済学者として日本的な経済理論を提案すべきでしょう。

現代日本人は古代の「情」ばかりではなく、江戸時代に涵養した「知」をあわせ持っています。その「情」を日本人として考えましょう。深々と情に根ざした知性（intelligence）があるのではないか。それこそ、これから日本文化の特質として世界に発信していくべきではないか。

イラク戦争の時も、戦争に賛成するか、賛成しないかという二者択一しかないのだろうか、とわたしは新聞に書きました。第三の答えが出せるのは日本だけだ、第三の答えを出すべきではないか、と。ただたんに概念的に二者択一的に考えるのではなくて、情に根ざした知、知性を備えた情を、これからは大事に考えていくべきではないかと思うのです。

相手が憎らしいと一途《いちず》に思うのではなく、殺さなければ殺されるという状況にならないような方向をみんなが見つめ合うことによって、たとえばあのイラク戦争も防げた。起こったにしても、そう悲惨な状況にならなかっただろうという気がいまでもします。

広島、長崎への原爆について、アメリカは戦争を早期に終結させるための正当な手段だったといいつづけています。しかし、化学兵器をつくると、どういう効果があるのか、一種の生体実験みたいなものまでして知りたくなるものです。

また、武器はだんだん劣化しますから、最新武器をつくったら、古い武器は早期に使わなければ、莫大なコストがかかっただけの話になってしまう、ということもないわけではありません。そうしたことで、どんどん思わぬことになっていって戦争が起こってしまったら、どうしようもないのです。

争いというのは、起こってしまうと勝つか負けるかしかありません。列車の衝突と同じです。万一向こうから自分に向かって走ってくる列車を見つけたら、運転手はブレーキを踏むどころか、猛烈にスピードを上げるのだそうです。つまりスピードが遅い方が、被害を受ける。加害者にならなければいけないというのです。向こうを蹴散らさないと、こちらが死ぬのです。

戦争も同じです。未然のところで、もっと具体的に情報を世界的に共有する状況を実現させるために働くなど、戦争を防ぐ方法はいくらでもあるのです。

希望の中に生きよ

先ほど、占領国の兵隊を使う話をしました。征服したいから理不尽なことをするわけです。戦果に理屈はいらないということになるでしょう。だから、少なくとも非戦闘状態を一日も早く実現し、それを持続して戦争が起こらないようにすることが必要です。

これが非常に空しいことであったり、手間や時間がかかったりするのは、そのとおりです。けれども、われわれの文化が培《つちか》ってきた美質を、戦争といういがみ合いの中で少しでも生かすことができれば、戦争を防ぐことができるのではないかと思います。

日露戦争では乃木大将が莫大な戦死者を出して二〇三高地を占領しました。そしてステッセル将軍と会見して停戦協定ができました。その時のことが小学校唱歌になりました。その中にこういう歌詞があります。「我は称《た》えつ彼《か》の防備」、つまり日本軍はロシア軍の完璧な防備を賛美したということです。それに対してその歌では、「彼は称えつ我が武勇」といっています。日本は武勇で戦っているのです。向こうは防備を固めるという科学的な方法で戦争をしていた。その違いが小学校唱歌の中にも出ているのです。

この愚かしさをわれわれは指摘すべきです。武勇といっても、いたずらに戦死者を出すだけだ、ということを指摘すべきです。

こちらは武勇をかき立てられて、戦わざるをえなくなって徒手空拳で向かっている。向こうはきちんと科学的に計算された防備をもって戦っている。その悲惨さをもっとはっきりさせる。それがわれわれのように「情」を重んじてきた文化を育ててきた国の人間のひとつの責任ではないか。その作業は空しいかもしれないのですが、やるべきではないのでしょうか。

太平洋戦争を上手く終結させることに日本は失敗しました。それは味方だと思っていたロシアを頼ったからです。ロシアはひたすら帝国主義の領土欲に燃えていましたから、「情」は無視し、条約を破棄して戦争に参加しました。そうして「情」を踏みにじられたあげく、日本は何万人という死者を出したシベリア抑留という事件に遭いました。

樺太（サハリン）にも戦死者がいます。その戦死者はみな八月十五日以降の戦死者です。十五日を超えてロシア軍は武力で日本を攻めてきました。これはすべて「情」を踏みにじっていることになります。

そういうものに対して相手を悟らしめるのは手間がかかるでしょう。効果もあまりないかもしれません。しかし、それが「ひたすら善をなせ」ということであって、もっともっと良心的な発言をすべきではないでしょうか。効果はあまりないかもしれない。しかしそうすべきです。

戦争があって平和憲法をつくる。けれど、それが踏みにじられて戦争が起こる。このように歴史は繰り返すだけではないか、という意見もあります。

そのとおりです。そのとおりだけれど、われわれが生きているのは、大半は現実ではありません。明日に生きている、希望に生きている。われわれの生き方とはそういうものではありませんか。

今日を生きていられるのは、明日死ぬとはだれも思っていないからです。明日はちゃんと来るだろう、今日も無事に帰れるだろう、夕飯をおいしく食べられるだろう、と思っているから、いま平気で生活しているのです。みんな明日に生きているのではないですか。

たしかに空しいこともあるし、歴史は繰り返すかもしれません。それも事実です。だけれども、われわれを生かしているものは何かといったら、むしろ事実ではないのだということを、もう一度考えてください。それが人間としてすべきことだという気がいたします。

戦争もなく平和が続くと、戦争の実感が薄れてしまうという懸念《けねん》もいわれます。とくに現代の若い人にはわたしが期待できるような「情」に対する価値観があるのか、という懸念です。

これも、そのとおりだと思います。現代の日本人は本当に平和ボケをしているのです。これはかつて一度も祖国を失ったことがないからです。そういう稀有な国だからです。しかし、そこでもう一度自己を見つめるという方法があるのではないかという気がします。自己を見つめる、自己を考え直すことが大きな力になる。その中で、戦争がどういう罪悪を持っているかもわかってくるに違いない。

戦争とは文字どおり戦場の兵士たちだけの問題ではありません。残された家族にとっても戦いです。夫が死ねば、妻の心も死にます。われわれが使っている「福祉」ということばは、人間をむしばむさまざまなものに対する戦いのことを意味します。これも、負ければ戦死します。

環境の保全もそうではありませんか。これも形を変えた戦争ではないでしょうか。気がつかない間に戦いを挑まれているのです。どこかで核が爆発したということでもない。身近な問題の中で自分の命の尊厳を考え、命をいとおしむ。愛を遂《と》げる崇高な精神と、自分を見つめる態度を持ち続けていく、そういうふだんの生活が積もり積もって、戦争に対して何かをしようということになると思うのです。

十七世紀に島津の軍が沖縄に上陸しました。すると沖縄方は、最前列に女性たちが立って盛んに相手を呪詛《じゅそ》しました。これは昔からの戦争方式で、女軍《めいくさ》と呼ばれるものです。女性たちは歌を歌い呪詛を投げかけたりして、戦いに参加してきた。

ところが攻めてきた薩摩兵はその意味などぜんぜんわからなくて、ズドンズドンと火縄銃で撃ったら、みんな死んでしまった。

それは結局、「情」と「理」の話にもつながります。女性たちの行為はたしかに空しいかもしれません。しかしそこで身を挺して戦った女性たちは自己をまっとうしているのです。結果的には死しかないかもしれません。しかし良心に訴える願望が空しいとは限らない。

発展途上国や紛争国の医療も戦争と同じではありませんか。病との人間の戦いです。何ができるかといったら、医療援助がある。救援物資が届きにくいというような問題もあるでしょうが、いくらでもできることはあるのです。

そう考えると、ただたんに戦いが始まった、戦争だからもう仕方がない、ということではないと思います。

まだまだわれわれは自己を見つめ、「情」を大切にすることで、いくらでも平和に貢献できると考えます。

ありがとう

感謝という覚悟

「ありがとう」の記憶

外国人の講演を聞いていますと、必ず最後に「サンキュー」といいます。最初、この「サンキュー」とは何だろうと、日本人のわたしは疑問を持ちました。しかし日本でも最近、「ご清聴ありがとうございます」と挨拶《あいさつ》される人が多くなりました。なぜでしょうか。

講演をすると、講演録がゲラとなって手許《てもと》にきます。これに手を入れて本や雑誌に掲載するのですが、さて、その時に「ご静聴」とテープを起こしてきます。これは正しくありません。本来、「清らかに聞く」の「ご清聴」です。

それでわかったのですが、講演を静かに聞く聴衆が少なくなったので、「静かに聴いてくれてありがとう」という一言を加える人が多くなったのではないでしょうか。

しかし、欧米人たちが講演の最後にいう「サンキュー」は、「静かに聴いてくれてありがとう」ということではないでしょう。一種の挨拶として、もっと大きなものに対する感謝を表していると思います。

たとえば、講演で、お話をする機会を与えられることを、わたしは非常に感謝しています。この機会によって、聴取してくれる方々と、ひとつの話題をめぐって、ひとつの共同体ができる。それに対して、感謝をこめて「サンキュー」というのだと思います。ただ、静かに聴いてくれたから「サンキュー」、騒がしかったから「ノーサンキュー」ではありません。

そのような習慣は、〝パブリック〟（公共）という考え方からしますと、日本人にまだ成熟していない、欧米的な考え方です。しかし、この〝公共〟という考え方が少しずつ根づいてきて、われわれもその習慣を取り入れなければいけないということで、「サンキュー」が、最近は少しずつ日本人の間にゆきわたってきたような気がします。


さて、わたしはこれまで、何に感謝をしてきたかということについて、述べます。

まず一番目。わたしは日本文学の研究を専門としてきましたが、神田の古本屋街に「日本書房」という日本文学の専門書を扱っている古書店があります。学生時代、この店の本棚から本を出しては入れ、入れては出して買うのをためらっているわたしに、店のご主人が「学生さん、欲しかったら持っていっていいですよ。ここに名前を書いておいてください。そうすれば、いまお金を払わなくていいですから」と声をかけてきました。びっくりいたしました。

その書店には、未払いの人の名が記されたノートがあって、この時に、その中に「中西進」という一ページが誕生しました。

もちろん、わたしは借り倒しはせず、後日きちんと払いましたけれども、まったく知らない、一介の学生のわたしに対して、「ある時に払えばいい」ということをいってくれたことは、大変な感激でした。

わたしはそれ以来、五十年以上研究をしてきましたが、わたしの研究を支えてくれている恩人として、真っ先に思い出す一人が、この日本書房のご主人、西秋松男さんです。いま、九十歳をこえてなおお元気でいらっしゃいます。当時四十歳ぐらいですね。

人生というものは、さまざまな局面で支えられながらできあがっていくものだ、と思います。

二番目は、終戦直後で、世の中がまだ整っていない時でした。わたしは十七歳で、汎発性《はんぱつせい》の虫垂炎《ちゆうすいえん》に罹《かか》りました。お腹《なか》が痛いから冷えたのだろうと思って、温めたら、虫垂が膿《う》んで、膿《うみ》が腹膜の中全体に広がったのです。家族が、近所から借りたリヤカーでわたしを運び、病院まで連れていってくれました。

すぐに病院で手術をしてもらったのですが、膿がまだ腸の中に溜まっていて、一週間も高熱が続きました。そこで、再度手術をしました。ですから、わたしのお腹には、最初の切り口がひとつと、再手術のときのふたつと、合計三つの傷があります。〝脛《すね》の傷〟じゃありません、〝お腹の傷〟です。

一カ月の入院生活の後に退院しました。しかし、高い治療費を親に出してもらうのは忍びないので、お医者さんに、「これからアルバイトをするから、治療費はそれまで待っていただけないでしょうか」とお願いしました。お医者さんは破顔一笑《はがんいっしょう》して、「いいでしょう」と快諾してくれました。一年ぐらいかけて、わたしは少しずつ返しました。

その先生は元軍医さんで、帰還して町医者をしていた人ですから、麻酔などあまりせず荒っぽい治療でしたが、いま考えますと、やはり、やさしい人の情けによって救われたのです。三番目に、父への感謝があります。文学の研究は、子どもの頃から、ものを見る、感じる、といった生活習慣がないと、なかなか深まりません。父は国家公務員でしたが、幸いなことに、俳句をつくっていましたので、吟行会《ぎんこうかい》には、必ず、わたしを連れていきました。句会にも参加させました。

句会では、自分がつくった句を無記名で出し、それに対して皆が点を入れて発表する。得点句が披露《ひろう》される時、作者が大声で名乗ります。子どものわたしでも、多少、点が取れることがあります。そういうことが、わたしの研究の上で役にたったと、いまでも思っています。

わたしは以前「中西進の万葉みらい塾」で、小学生に『万葉集』を教えたことがあります。七年間に全国の六十三校で授業をしました。それは、子どもの頃に感性を養っておかないと、一生、文学はわからない、と思っていたからです。

そのように、わたしは子どもの頃から、感性を父に育てられてきたと思っています。わたしの著作に『父の手』というエッセイ集があります。母は、「進はお父さんのことばかり書いて、わたしのことを書いてくれない」と不満を漏《も》らすのですが、じつは、九は父で、一が母の割合で書いています。

『父の手』を簡単にご紹介しますと、父は脳溢血《のういっけつ》で倒れ、二年間、寝たきりになって、息を引き取りました。最初はものがいえたのですが、リハビリをしてもなかなか回復せず、だんだん全身が不随になっていきました。

ある時、父が母に、「手ぬぐいをくれ」といったのです。母が渡したら、それをしっかりと握りつづけました。時々、新しい手ぬぐいに替えましたが、父は握ったまま身動きもできないで、亡くなりました。死の恐怖に二年間、じっと天井《てんじょう》を見つめながら耐えなければいけない時の寄る辺《べ》は、たったひとつ、手ぬぐいを握ることでしかなかった。握るということで生きる実感を持ち、死の恐怖に耐えていたのです。

父を入院させた時、隣《となり》のベッドの患者が亡くなりました。その時に、父はわたしたちにすがりついて、「退院したい」と訴えました。自分がいつ死ぬかわからない状況の中で、隣人が亡くなっていけば、そういう気持ちになると思います。お医者さんと相談して、自宅療養にすることに決めました。

やがて、父は手ぬぐいを握ったまま息を引き取り、手ぬぐいを握ったままお棺に入り、そのまま焼かれました。そういう事柄があって、恩義ある父を思い出す時は、感謝の念が胸いっぱいになって、常に「父の手」が甦《よみがえ》ってきます。

ほかにも、いろいろありました。自転車を買ってくれたのですが、わたしは運動神経が鈍く、なかなか乗れませんでした。父はサラリーマンですから、夕方、帰ってきます。そして、近所にある箒木《ほうきぎ》畑の道で、わたしが乗っている自転車の後ろを、一所懸命押してくれました。その姿を、夕暮れの気配とともに、いまでも思い出します。

また、「学校で走り高跳びがある」といえば、家の砂場に棒を立て、針金で支えをつくり、篠竹を渡して「さあ、これを跳びなさい」と、練習をさせるのです。父は何でも、一所懸命教えてくれました。キャッチボールなどはもちろんです。わたしだけではありません。子どもたち全員を可愛がり、家族を大事にしました。

どうして父は、あのようにわたしたちを可愛がってきたのか。じつは、父が三歳の時、自分の父親（わたしの祖父）が、また、父が小学校の六年生の時、自分の母親（わたしの祖母）が亡くなりました。つまり、以後父は孤児として育ちました。一番飢《う》えていたのは家庭だと思います。

そのために、わが家族をこよなく大事にしたかったのです。

父は四国の高松の出身ですが、小学校を出るとすぐに、高松選出の衆議院議員の家に書生として住みこみ、その代議士のお世話で学校を出ました。当然、新聞配達をしたり、いろいろな苦労をして、成長いたしました。ですから、お嫁さんをもらって家庭ができたことは、本当に嬉しいことだったのです。

のちの話ですが、わたしは、姫路市のロータリークラブが何周年かの記念の歌碑を建てるから、姫路でつくられた万葉の歌を書いてくれ、と頼まれたことがあります。その碑は、姫路城の見えるところにいまでも建っています。

揮毫《きごう》料として、一〇〇万円いただきました。わたしはその足で市役所へ行き、市長さんに、「わたしの父は孤児で、人様の情けによって育てられた人間です。だから、姫路市の児童施設にこれを寄付したい」と申し出ました。市長さんは大変喜んでくれました。そのように、親に恵まれない子どもがいると、もう、じっとしていられないような体質が、わたしの中にあるのです。

しかし、厳しい面もありました。わたしはあることで大失敗をし、たちまち両親の知るところとなりました。母が、「今日、夜、お父さんから話があるからね」といいました。何をいわれるかわかっています。夜になりました。いつまでたっても、父親からのお呼びがかからない。七時には日が暮れました。八時になってもお呼びがない。九時になってもない。その間、どんどん、どんどん、こちらは不安に駆られて、自責の念に堪えがたくなっていきました。

やっと、夜が更《ふ》けてから、「お父さんがいらっしゃいといっている」と、母から声がかかりました。父の書斎の襖《ふすま》を開けたら、薄暗い中で、父が着物姿で腕組みをして座っている。わたしも座りました。しかし、父は何もいわない。

どれぐらい時間がたったでしょうか。一時間くらいと思えるほど、長い時間がたちました。そして、やっと一言だけ、「これからは、もうそういうことはするな」と。

いったことは、これだけです。「おまえ、どうしてやったのか」とは問い詰めないで、「もう、よい」というのです。ただたんに、わたしを甘やかしていた父ではなかった。本当にきちんと育ててくれた父でした。

　こんなこともありました。剣道の竹刀《しない》に丸い鍔《つば》が付いています。この鍔を持ち歩くのが、昔は、いじめっ子集団のボスの、恰好《かっこう》いいスタイルでした。それで、ある時わたしは、いきなり殴《なぐ》られたのです。

　わたしは、広島のAの学校からBの学校へ転校したのですが、Bの学校とAの学校の生徒が一堂に会する機会がありました。そこで、Aの学校のガキ大将が、わたしに恨《うら》みを持っていたのか、いきなり、竹刀の鍔で殴ってきました。わたしはそのことを家で話したら、父は翌日、勤めを休み、わたしを医者に連れていって、「こんなに、こぶができている。血が出ている」と、厳しい口調でいい、医者に治療をさせて、診断書を書かせました。

　その診断書を持って、わたしをともなってA学校の校長先生のところに行き、「こんなふうにあなたの学校の子どもに怪我《けが》をさせられた。あなたは一体どうするか」といって、強硬に談判をしたのです。校長から担任の先生や子どもに、きつい訓戒があったようです。その後ガキ大将がわたしをいっそう恨んでいると聞いたことから、それを知りました。

　このような敢然《かんぜん》とした行動は、もちろん、自分が艱難辛苦《かんなんしんく》の少年時代、青年時代の中で身につけた修行の結果だと思います。

　叱り方も心得ていました。いまの父親は、叱ることもできなくなっていると聞きます。甘いことばは、母親にいわせておけばいい。父親は、どんなに憎まれようと甘いことばをいってはいけない。

これは孔子の教えです。儒教では、父親は子どもに対して「義」を教えなさい、といいます。「義」とはものの道理です。母親は慈悲の「慈」を教えなさい、子どもは親に「孝」を尽くしなさい、と説きます。それが人間関係をうまくつくり、立派な社会をつくるというのが、孔子の社会学です。

父の叱り方は、じつに効果満点でした。長い時間、不安に陥《おとしい》れておいて反省を促《うなが》すとは、心憎い。そして、たった一言で決め、くどくどいわない。くどくどいっていたら、そのうちにひとつやふたつは、子どもから反発されることもあるから、そういうことはしない。

バランスを取った慈《いつく》しみは、母にさせているのです。わたしが冴えない顔で学校から帰ってきたら、母が上がり框《かまち》にわたしを座らせて、バケツに水を入れて、汚れた足を洗ってくれました。そして、呟《つぶや》くように、「お母さんは、いつもあなたの味方だからね」とだけいうのです。これも、わたしの忘れ難いことです。

何十年も前のことですが、わたしは初めて、地方の都市から講演を依頼されたことがあります。講演が終わると、講演会主催者が「ゆっくり休んで、翌日、お帰りください」といってくれました。わたしはまだ三十代だったと思いますが、お湯につかり、ホッとした時に、思わず、「お父さん、ありがとう」と、口をついてことばが出てきました。まだ若造なのに、多少の成果が出せた。これはすべて、父のお陰だと思ったからです。

人間という運命を生きよ

さて、以上のようなわたしの経験も踏まえて、一般的に考えますと、「ありがとう」の大切さは、次の三点にあると思います。

第一に、ありがとうという感謝の気持ちの底にあるのは、正と負でいえば「負」の経験だということです。わたしの父が孤児であったことも、ひとつの負です。負を背負っていることによって、数奇な、不思議な運命に操《あやつ》られているという結果が出てきます。

人間はこういう運命を、すぐ隣に持っているのではないでしょうか。順風満帆《まんぱん》の生涯を過ごす人がいても、それはたまたま、数奇な運命に巻きこまれていないだけです。いつ巻きこまれるかもしれない。そういう運命を、われわれは余儀なくされているのです。その中を、人間は生きていかなければいけない。

わたしは、自殺は極端に罪悪だと思っています。人間は自ら霊長類と称して、人間としての尊厳をひとつの存在証明として生きています。人間の尊厳がなければ、盗みだって、何だってできる。それをしないのは、尊厳というものを自らに課しているからです。

自ら死ぬことは、人間の尊厳を放棄することです。どんなに辛くても、生きていかなければいけない。これが、人間の人間たる所以《ゆえん》です。

そのような人間にとって、生きぬく力、生きぬく手段とは何か。それは「ありがとう」という感謝の心でしょう。したがって、「負」を恐れてはいけない。負と巡《めぐ》り合った時、どう生きるかが問題で、負を知り負を十分に受け止めることが大事です。

二宮尊徳《にのみやそんとく》は、資産家の家系の家に生まれましたが、酒匂川《さかわがわ》が氾濫《はんらん》して一朝にしてすべての財産を失います。ゼロ（無）から出発をするという運命を、彼は背負わされますが、しかし、ゼロをゼロとしないところが、彼の偉いところです。

尊徳は、人が、世の中が無だと思っているが、じつは有である場合がある、ということに気がつきました。つまり、「無」とは捨ててあるものです。その無を拾ってくる。麦わらが一本あれば拾ってくる。それから縄を綯《な》えば、商品としての価値を生む。さらに一本の縄として売るより草鞋《わらじ》にした方がより高く売れるということに、尊徳は気がつきます。

幸いなことに、彼が生まれた栢山《かやま》村は小田原のすぐ近くですから、農業と商業が混在するエリアです。日本の農村は大体、商農村だというのが、わたしの持論ですが、農業だけではなくて、商業も持っている。畑は、年のうち三分の一、ないしは半分働けばいい。あとの半分は農閑期で、その間に、賢い農民は行商をしました。なかには、近江商人みたいにカタログ販売をした人たちもいます。そういうことを容易にできたのが、二宮尊徳です。

そこで彼は、無から有を生じるという論理を身に付け、一所懸命働くことによって、無からの脱出を図りました。

その後尊徳は、グラミン銀行（バングラデシュのムハマド・ユヌスが一九八三年に創設した貧困層を対象にした低金利で無担保融資）の走りだと思いますが、徳に報いる「報徳金制度」をつくります。

銀行などからお金を借りると、利子が中心で、利子ばかり払い続けて、いつまでも元金が借金として残るシステムになっていますが、尊徳は元金を中心とする考え方で、無利子で貸します。無利子では得にはならないではないかというと、返済が終了した後に、命を救ってもらった冥加金《みょうが》として、あなたのお気持ちだけいただきます、というのが利子に当たる、と考えます。

二宮尊徳の偉いところは、いつまでも、原点としての「負」を忘れていないことです。救ってもらった者に報いる、人の徳に報いることが、思想の根幹をなしています。この負を受け入れなければ、ただたんなる銀行制度になってしまいます。

もうひとつ、尊徳がいかに「負」を捨てずに、哲学や農業政策をつくりあげていったかという例として、「推譲《すいじょう》」の説があります。お風呂に入ってお湯を推（押）すと、また、返ってくる。すなわち、推すということは、自分が譲るということだ。譲るものは、必ず返ってくる。けして損をするのではない、という考え方です。そこには、必ず循環があって、トータルでは変わらない。

そのように考えると、「彼らは金持ちで俺たちは貧困だ」などといって悩むことはない。時の運によってどんどん変わっていく。ですから、金持ち階級に対して、「ええじゃないか」など、騒動を起こそうなんて考えるのではなく、お金を貸します。その代わりに、「ありがとう」を、冥加金という名前でお返しくださいという「ありがとう運動の元祖」です。

第二に、人生にとって、実際に感じる「実感」がいかに大事か、ということがあります。「世の中が悪い」という時は、実感がありません。自分が「負」を背負っていることを実感していないからです。こんなに苦労している、こういうことをいわれた、あるいは、恩義のあることばをかけられた、という実感こそが、「ありがとう」を大事にするひとつの大きな要素です。人間は「心」で生きています。「実感できる」ということは「心で生きる」といい替えてもいいでしょう。

「心で生きる」ことが「ありがとう」につながる、という例があります。江戸時代に、三井家などの豪商は「家訓」を残しています。つまり、自分たちの覚悟を「覚え書き」として書くことが、豪商を生んでいるのです。鴻池《こうのいけ》家もそうです。鴻池は山中鹿之介の息子が興した家ですが、武将の子どもといえども、商人になる時には、「家訓」によって、自分の商道をどのようにして貫いていくか、ということを考えました。

その時に、口を揃《そろ》えたようにいうことは、「神仏を大切にせよ」です。「金儲けをしたいならば、神仏を大切にせよ」が、江戸時代の豪商の理念です。神仏に対して感謝をささげる。これが商業、はっきりいえば、金を儲けることにつながっていくのです。早い話、売れれば得です。しかし、相手が買ってくれなければ売れません。

消費者は、「買う」といいます。「買う」というのは、こちらからお金を持っていって、向こうから品物がくる。すなわち、等価値ですから、「交換する」ことです。ところが、売り手（商人）はそうではない。売り手は得る。つまり「利益を得る」ことが通常の手段です。

消費者は「交換する」と錯覚している。向こうを「儲けさせている」とは思っていない。そこに経済のからくりがあります。

ですから、商人は利益を得なければいけない。その時に「負ける」(値引きする)などということは、勝負に負けることですから、利益を得ることにはならない。しかし、これは小さな利益を放棄して、大きな利益を得るための手段にすぎません。

では、大きな商売という戦いに勝つためには何が大事か、といえば、神仏への信仰が基本だというのです。わかりやすくいえば、「あのお店は主人の態度が尊大だから、おれは行かない」とか、「あのうちは、ちょっと高いけれど、おかみさんが気さくなのよね」ということがあります。つまり人柄《ひとがら》が商売をしているのです。物で商売をしているのではありません。

人柄は、神や仏という絶対者に帰依《きえ》して、ありがたく感謝をささげることから出てきます。この感謝が商売の基本です。それにいち早く気づいた商人たちが巨万の富を築いて、三井や住友という財閥を築きました。江戸時代の豪商たちは「実感」、あるいは「心」というものを重んじ、常に感謝をもって生きてきたのです。

会社の屋上に、よく商売の神さまとしてお稲荷《いなり》さんが祭ってあります。それに対してポンポンと手をたたく。それが、素晴らしい寄与になる。「実感」を大切にして生きることが「ありがとう運動」につながって、われわれの生活を物心ともに豊かにするということです。

第三に、「ありがとう」の大事さは、波及していくところにあります。「おれはそんなことをしないよ」という時には、波及はありません。けれども、「ありがとう」という人が一人いると、いわれた人も「ああ、そうか、ありがとうというんだ」と思います。性善説かもしれませんが、わたしの実感です。

わたしは最近、できるだけ「ありがとう」といおうと思っています。バスを降りる時、運転手さんは「ありがとうございます」といいます。ところが客は知らん顔して降りていくことに気がついてから、わたしは「ありがとう」といって、バスを降りる習慣を身につけました。

おもしろいことに、運転手さんは、自分の台詞《せりふ》をいわれると、一瞬、戸惑います。そんなちょっとしたスリルを楽しみながら、早く降りる時がこないかと思いながら、バスに乗っています。運転手さんの中には、先にいわれると、一瞬「うっ」と思いながら、「お疲れさまです」という人もいます。

ところで、バスを降りる時に「ありがとう」という人に、初めて出会いました。自惚《うぬぼ》れではなく、明らかにわたしのまねです。なぜなら、その人はわたしと同じ停留所に降りる人です。その人が先に「ありがとう」というと、こちらがいいづらくなります。「ありがとう、アゲイン」なんていってみても仕方がない。「こいつ」と思って、小憎らしく思いますが、嬉しいなと思います。

学会ではいろいろな発表がありますが、悪口ばかりいう人がいます。書評もそうです。書評としてせっかく本を取り上げながら、「ここが悪い、あれが悪い」とばかりいう。それでは何の役にも立ちません。その人は、書評を引き受けなければいい。どんな拙《つたな》いものでも、一〇〇分の一はいいところがありはしませんか。それを取り上げましょう、というのが、「ありがとう」の精神です。

わたしは研究発表を聞くとき、一所懸命いいところを探そうとします。ただ、これがなかなかない。けれども、探せば必ずある。そこを取り上げて、「ありがとう」という。そうすると、その人ははっと気がつく。「自分も、じゃあ、一〇〇分の一のいいところを探そう」と思うはずです。それくらいの信頼感なら、わたしたちは持っていていいでしょう。

いままで、三点の「ありがとう」の大事さについて述べてきましたが、「ありがとう」を口にしていると、限りなく自分が優しくなっていることに気づきます。猛々《たけだけ》しい気持ちの時に、「ありがとう」とはいえません。優しい己《おのれ》を発見することは、素晴らしいことではないでしょうか。

なぜなら、「優しい」ということばの起こりは、「恥ずかしい」、すなわち、相手があまりにも素晴らしいから、自分が恥ずかしくなる。身の痩《や》せるような思いがする、ということからきています。人の美点を見つけることは、自らを優しくしていきます。

「ありがとう」の持つ優しさは、人生を生きる最大のパスポートです。優しい自分をパスポートとして、人生を生きることになります。そのためにこそ、われわれは「ありがとう」というべきではないか、ということを最後に申し上げて、締めくくりとさせていただきます。

ご清聴、ありがとうございました。

悼《いた》む

与謝野晶子　愛と別れの歌

晶子の愛の歌

以前に「文藝春秋」の特集で、アンケートによって二十世紀における十冊の名著を選ぶという企画がありました。

〝やがて終わろうとしている二十世紀、この世紀に書かれた本の中から日本人を作り上げたと思われる十冊を選んでください。あるいはご自分が培《つちか》われたと思う十冊を挙げてくださ い〟というアンケートでした。

そこで、わたしがまず挙げたのが与謝野晶子の『みだれ髪』でした。これは二十世紀の最初の年の一九〇一年の刊行ですが、やはり二十世紀の日本人をリードしてきたと思います。ちなみに斎藤茂吉の『白き山』という歌集も挙げました。歌集としてはこの二冊です。他には岡倉天心の『茶の本』、詩集は三好達治の『春の岬』、これらも国民的評価を得ていると考えました。

選んだ理由を書く欄もあり、『みだれ髪』は日本人の愛、あるいは性というものに対して初めて近代的な表現をしたということを、わたしは挙げておきました。それほど『みだれ髪』は、わたしの大好きな歌集ですし、重要な歌集だと思っています。

ただ、『みだれ髪』の中の歌は難解さをもって有名でもあります。晶子はいったい何を歌いたいのか、なかなか伝わりにくいということがあるのです。

いつも問題になる、

夜の帳《ちやう》にささめき尽きし星の今を下界の人の鬢《びん》のほつれよ

という有名な歌の「星の今を」というのが大変わかりにくいというので、いろいろな解釈がありますが、こういう表現の難解さがちょっと災いして、晶子が愛をどう考えていたのか少しわかりにくい面もあるという気がしています。

しかし晶子がどういう愛を歌おうとしたのかは、晶子の愛の歌はたくさんあり、別の角度からみるとわかりやすいのではないかと考えます。別の角度というのは、歌から表現の難しさをそぎ落としてしまうということです。

たとえば、晶子の晩年の歌を取り上げてみるのも、難しい表現をそぎ落とすひとつの方法ではないかと思います。

晩年にいたって晶子は、『みだれ髪』を評価していません。「あれは嘘の時代だ」というふうなことをいっています。それから「私の世に問う自信作は晩年の歌だ」ともいっています。ですから、晶子自身の中では、少なくとも表立って人にいう時には、若い頃の愛の歌をネガティヴに考えているところがあります。

晶子は晩年に自分の昔の歌を解釈しています。


春短かし何に不滅の命ぞと力ある乳《ち》を手にさぐらせぬ

という有名な歌も、晩年の改作では「乳」を「血」に変えていますし、「手にさぐらせぬ」ではなく「手にさぐる我」というふうに変えてしまっています。早熟な、ませた少女の早口ことばだといわれた『みだれ髪』の表現を、少し反省した結果でしょうか。

そう考えますと、『みだれ髪』だけから晶子の愛を考えるのは十全ではないように思います。

ですから、今日は少し角度を変えまして、与謝野晶子の鉄幹に対する哀悼《あいとう》の歌から、晶子の愛を考えてみるという方法をとってみることにします。

亡き人を悼《いた》む気持ちは亡くなった人の魂を恋う、どんどん離れていった魂を恋い慕う魂恋《たまご》いで、それは恋愛の中で相手の魂を求めることと同じだと折口信夫《おりぐちしのぶ》はいっています。そんなことも考えますと、鉄幹に対する恋、魂恋いが晶子の恋をうかがわせるに十分なものであろうと思うのです。

ところで、哀悼の歌における愛を考えるについて、他の歌人のそれを少し見ておきましょう。

斎藤茂吉の「死にたまふ母」

挽歌といいますと、すぐ思い浮かぶのが斎藤茂吉の『赤光《しやっこう》』です。『赤光』の中には、大変有名な「死にたまふ母」という一連の歌があります。この中で茂吉はお母さんに対する母恋いを連続して歌います。近代短歌でこのような歌が詠まれている歌集といえば、真っ先に浮かんでくるのがこの『赤光』だと思います。大正二年のものです。

じつは、ある歌人が妻をなくした時の歌を読んでいましたら、歌の中には「死ぬ」ということばがほとんど出てこないのです。そこで、気になりいろいろな人の歌集を調べてみました。そうすると、はたせるかな、妻であれ夫であれ、自分の愛する人が死んだ時に、だれだれが死んだという短歌は非常に少ない。まったくない人もあります。

それにもかかわらず茂吉は『赤光』の中で、題名までわざわざ「死にたまふ母」と掲げて、

死に近き母に添寝のしんしんと遠田のかはず天に聞こゆる

というようにちゃんと「死」ということばを使います。「のど赤き玄鳥《つばくらめ》ふたつ屋梁《はり》にゐてたらちねの母は死にたまふなり」とか、死ぬということをいっぱいいうのです。

これから考えて、どうも、「死にたまふ母」というのを作ったが、本当に茂吉はお母さん

が亡くなって悲しかったのだろうか、お母さんをそんなに愛していなかったのではないかというふうなことを、かつて考えたことがありました。

先日、ある歌人といろいろお話をする機会がありました。そこでその人にこのことをちょっと聞いてみたのです。茂吉は「死にたまふ母」といっているけれども、本当に悲しい時には「死ぬ」などということばはほとんどの人が口にしないのに、これはいったいどういうわけだろうといいましたら、その人はおもしろいことをおっしゃったのです。

「そうなんですよ、中西さん。茂吉はあの時……」

あの時というのは、お母さんが亡くなって大石田に帰る時です。汽車が故郷に向かう切迫感をずっと歌っておりますけれども、じつはその時に後の輝子夫人をちゃんと温泉にスタンバイさせていたらしいのです。そして、お母さんが亡くなったらすぐその温泉に行き、輝子夫人と一緒になって帰って来たということなのです。

「死にたまふ母」の一連は血の涙をふり絞るように書いてます。しかし、じつはかなり作者の中にゆとりがあり、客観的に見ています。

「死にたまふ母」は、茂吉があくまで「作品」として作ったのだろうとわたしは思いました。悲報を聞いて東京から列車を急がせて行くということから始まり、「のど赤き玄鳥《つばくらめ》ふたつ屋梁《はり》にゐて――」といい、それから亡骸《なきがら》を葬るというストーリーをずっと立てて、ひとつの作品を作る意識があったのではないかといま思うのです。

茂吉の愛はひとつの素材だったのでしょうか。

吉野秀雄の愛

二番目に取り上げたいのは、吉野秀雄の歌集です。『寒蟬集《かんせんしゅう》』という有名なもので、もうひとつの『晴陰集《せいいんしゅう》』と一緒にした『吉野秀雄歌集』で読売文学賞を受けています。『寒蟬集』は昭和二十二年に出版されていますが、その中で歌われているのは吉野秀雄の最初の妻の死です。吉野は後に八木重吉の奥さんだった人と結婚しますが、その前の奥さんが亡くなった時のことが出ています。亡くなったのは昭和十九年八月。

この『寒蟬集』を今回また読み返してみたのですが、涙を振り絞って歌ったような絶唱がたくさんあります。

ちょっと脱線しますが、『日本書紀』に中大兄《なかのおおえ》のことが書かれています。中大兄の妃がお父さんを失います。お父さんが中大兄に対して謀反を起こしたという讒言《ざんげん》があり、そのために殺されてしまうのです。その娘である中大兄の妃はだんだん痩《や》せ衰えて死んでしまいます。そんな悲しみに沈んでいる中大兄の前に、宮廷の詞人が出てきて慰める歌を歌います。すると、中大兄は「善《うるわ》しきかも、悲しきかも……」、良いな、悲しいなといったと書いてあります。

歌が良いということは悲しいことなのですね。これは文芸というものの持つ宿命でしょう。同じように、妻が亡くなった後に、吉野秀雄が歌った歌は絶唱が並んでいます。それが

『寒蟬集』の中にあるのです。

そういう歌を見ていると、いろいろなことを感じます。まず、吉野秀雄が感じているのは、生きていること、命の温かさです。いまは亡くなっているのですから、反対の死の冷たさ、死の空しさを歌います。


今生《こんじやう》のつひのわかれを告げあひぬうつろに迫る時のしづもり

この世の終《つい》の別れをいい合ったというのです。

その時迫ってくる時間は非常に森閑とした時間で、うつろに迫ってきます。うつろに迫る時のしずもりを歌っています。

あるいは、

庭先の檀《まゆみ》の朱《あけ》をうるはしみ妹《いも》が骨壺《こつつぼ》ふりかへりみつ

庭の先に赤い檀の実がなっています。その「檀のあけ」、「朱」を麗しく思ったので、振り返って妻が入っている骨壺を見たというのです。骨壺の持っている世界は冷たくて空しい世界、対照的に檀の朱色を温かい朱、赤い色として歌われています。

『寒蟬集』の中には骨壺がたくさん出てきます。骨の持っている空しさとか冷たさというものがひとつのテーマになっています。こんな歌もあります。

事つひにここにいたりぬ死床《しのとこ》の敷布の襞《ひだ》をわれはみつむる

事は終《つい》にここに至った、ということは妻がとうとう死んでしまったということです。亡くなった死体が横たわっていた床、そこに敷いてあるシーツがしわくちゃになっているわけです。迫ってくる死に対して、生きている妻の必死の戦いがありました。必死の戦いの中で敷布がよれよれになって、目立つのです。ですから、その襞を見るということは、妻の死との苦闘を意味しているのです。そういう死闘を、わたしはじっと見つめていたというのです。

わたしがこの歌を読みまして、すぐ思い出したのは平安時代の『讃岐典侍日記《さぬきのすけのにっき》』です。堀河天皇に愛された讃岐典侍という女房がいました。この人は堀河天皇が亡くなるまで、側近くに呼ばれて侍《はべ》っています。

大臣などが来て、天皇にいろいろなことをいう。堀河天皇は膝を高くして讃岐典侍が見えないようにかばったりして手放さない。そして終に堀河天皇は死んでしまいます。そうしますと、いろいろな人たちが来て、悔やみごととか悲しみとかを述べます。ある女房などは大泣きに泣いて、障子がビリビリ響くほどだったと書いてあります。

そういう中で讃岐典侍は堀河天皇が死の苦しみの中で流した脂汗を拭いた紙をじっと手に持って、黙って見つめていたとあります。

泣くなど、もうそういう段階は虚偽です。空しいものです。嘘なのです。本当に愛している者を失う悲しみは、やはり沈黙しかない、そういうことを『讃岐典侍日記』は教えてくれます。

吉野秀雄の歌を見た時にそれをわたしは思い出しました。シーツの襞などを発見しているという、さすが巧者の巧みということです。

「敷布の襞をわれはみつむる」のような歌の前に展開しているのはたいへんな冷たさとか空虚感です。その反対が命の生の温かさでしょう。逆にいうと、吉野秀雄が妻に対して向けた目は、その命の温かさ、慈しみであったということになります。

『寒蟬集』の中には性に関することも出てきます。

真命《まいのち》の極みに堪へてししむらを敢てゆだねしわぎも子あはれ

もう命が尽きようとしている極限に耐えて肉体を自分に投げ出した「わぎも子あはれ」というのです。このように性というものを、他の歌でもかなり具体的に歌っています。命の温かさ、もっといえば肉体の温かさを表しているのです。その肉体の温かさを失うことが死の悲しみになる。つまり、吉野秀雄の愛は、肉体の温かさへの慈《いつく》しみだったのだということがわかると思うのです。これが二番目です。

清水房雄の愛のかたち

三番目に取り上げたいのは、平成十年度に迢空賞を受けられた清水房雄の『一去集《いっきょしゅう》』です。

昭和三十八年に出版され、最近、文庫本が出ました。『一去集』で清水房雄は現代歌人協会賞も受けていますから、この歌集も歴史に残る歌集だと思いますが、出版の前年、三十七年七月に妻を亡くした時の慟哭《どうこく》の歌が並んでいます。

この『一去集』の中にも、やはり晶子を想像させるような、たとえば乳房などということばも出てまいります。

奥さんが乳癌《がん》になり、それが再発をして肺に転移して、五年後に亡くなるのですね。そのことを題材にした歌として、

小さくなりし一つ乳房に触れにけり命終りてなほあたたかし

というのがあります。乳房のひとつは取ってしまったのです。残っていたひとつも、死んでしまうと小さくなった。それで、「小さくなりし一つ乳房」に自分は触れたというのです。そうすると、命はもう終わっているのだけれども、なお温かいと歌っています。

それから『みだれ髪』のような髪、これもやっぱり出てきます。

息終りし吾が妻の髪くしけづる附添婦が何か言ふ声むせびつつ

少し前のところで、この付添婦が親切にしてくれないという不満を、奥さんが清水房雄にいっている歌も出てくるのですが、その付添婦が呼吸の終わった奥さんの髪を、きれいにくしけずってあげているというのです。その時に「何か言ふ」「声むせびつつ」、声をむせばせ

ながら何かいう——ことばにならないようなことばをいいながら髪をきれいにくしけずっているというのです。

一人の女性の死、その時に登場してくる肉体の部分は乳房であり髪であります。そういうものを焦点にして、清水房雄も肉体の温かさを蘇らせているのだと思います。

こんな歌もあります。

とりなでて熱きその手よ今すでに終らむとする命の前に

いますでに終わろうとしている命を前にして、なお手を取ると温かいというのです。死者に対するわれわれの絶望感といいますか、驚愕といいますか、そういうものはやはり命の温かさの喪失、冷たさの実感にあります。

清水房雄もやっぱり乳房や髪を中心にフォーカスされた肉体の温かさを、愛していることになります。

この点はさっきの吉野秀雄の歌とかなり共通するところがありますが、もうひとつ『一去集』で目立つのは日常性です。結婚生活が二十二年間だったらしいのです。ですから、二十二年という数もたくさん出てきますが、過ぎ去っていった、平凡だけれどもたしかな愛の関係を、また思い出そうとしているのです。

こんな歌をどうお感じになられますか。

樽のなかにをどる泥鰌を見つつ立つ永き別れのせまる思ひて

樽の中にどじょうがいます。どじょうですから、ボンボン踊り跳ねる。それが清水房雄にとっては、活発な生命活動に見えます。「見つつ立つ」というのですから、そこに目が奪われてしまって立ち去りかねるというのです。その状況は、奥さんと永く別れてしまう、つまり死んでしまう日が迫ってくる、予告です。

癌であることは、本人には知らせていないのです。しかし、自分も家族も知っています。それで清水房雄は、妻は本当に知らないで死んだのだろうか、あるいは知っていて知らないふりをしていたのだろうか、といぶかります。「せめてものわたしの今の慰めとして、妻は知らなかったと思いたい」といっているのです。わたしは当然知っていたと思います。知らないふりをするということは夫に対する愛情だったのでしょう。

妻の死が刻々と迫ってきていることは、作者にはよくわかっています。やがて訪れてくる無言の時間の連続を予知しながら、目の前では活発などじょうの踊り跳ねている姿を見ているのです。

このように、『一去集』の基本には、肉体に残る温かさへの愛と同時に、日常生活の中における妻への慈しみがあろうかと思います。昔ふうにいいますと、漬物を作ったり、台所でみそ汁を作ったりというふうな日常的な、日常的であるがゆえにたしかな、妻への慈しみが根底にあるのです。

晶子の愛のかたち

さて、それでは晶子はどうだったのでしょう。

与謝野晶子の死後の歌集は平野万里《ひらのばんり》が編集した『白桜集《はくおうしゅう》』です。『白桜集』の中に「寝園」というシリーズが出てきまして、八十七首の歌があります。この八十七首を通して、与謝野晶子がどのような愛を鉄幹に持っていたかを考えたいと思います。

そこで『白桜集』をすでにあげた斎藤茂吉・吉野秀雄・清水房雄の歌集のかたわらに置いてみました。

思い出していただくためにいいますが、茂吉はひとつの材料にしかすぎないような愛を歌う。吉野秀雄は肉体的な温かさ、それを性にまで突き詰めて歌う。清水房雄もやはり肉体的な温かさは同じでしたけれども、日常を信ずることで愛を確信し続けてきました。何も起こらない、朝がきてふと目覚めてみると、台所からトントンと菜っ葉を刻む音が聞こえてきて、「ああ、妻はもう起きているんだな。子どもたちのお弁当でも作っているんだな」と思う時に、ほのぼのと心に宿るような愛があります。清水房雄の場合はそういうものだと思うのです。

ところが、晶子はぜんぜん違います。先ほどシーツの話をしましたけれども、死の床に横たわっている肉体、そういうものすら『白桜集』の中にはないのです。鉄幹は最初から死者としてステージに登場してきます。最初から死者として登場するということは、具体的な死の描写はまったくないということなのですね。こういう面が非常に他と違います。

もう少し考えてみると、鉄幹はその終焉《しゅうえん》が歌われる最初から、ある意味では自然と一体化しているのです。それが晶子における愛の第一のすがただと思います。

こういう歌があります。


藤の花そらより君が流すなる涙とみえて夕風ぞ吹く

藤の花が咲いている、それが空から鉄幹が流しているらしい涙だと思われる、というのです。鉄幹の肉体はないのです。藤の花しかない。そこに夕風が吹いてきます。夕風が吹くと藤の花は揺れます。ユラユラと揺れているのが天にいる鉄幹が流した涙だということなのです。

とにかく最初から、こういう調子の歌がずっと続いています。「寝園」にはこのほかにも天とか雨ということばがたくさん使われています。たとえば、

君が行く天路《てんろ》に入らぬものなれば長きかひなし武蔵野の路《みち》

という歌があります。貴方が行く天の路に入らないものなので、長く続いてみたって、続きがいがない武蔵野の路だというのです。

この頃、晶子たちは荻窪に住んでいたのではなかったでしょうか。昭和十年の武蔵野は草

ぼうぼうだったと思います。そんな中に「道がずっと続いている、〝長いなあ、遠いなあ〟と思うけれども、天に続いているのであれば、そこに居る鉄幹に私は会える。しかし、天に入っていかないのだから、長く続いても甲斐がない」ということです。鉄幹は天に居るのです。

　同じような歌をもう少し挙げたいと思います。

　　あな不思議白き柩《ひつぎ》に居給ひぬ天《あめ》の雅彦《わかひこ》と申す神の子

「ああ不思議なことだ、鉄幹は白い棺桶の中にいらっしゃる、その鉄幹は天雅彦と申し上げる神の子だったのに」というのです。

　天雅彦というのは天上の神のプリンスです。この方が天からこの世に遣わされて、やがて死ぬのです。その時、天上からたくさんの人たちが降りてきて、その死を悲しんだという日本の神話があります。

　その天雅彦という神さまの名前を取って、鉄幹は天雅彦だったのだと考えているのです。それがいまは白い柩の中に居る、ということなのですね。「白き柩」というのはいま目の前にあるものです。死者を入れた、地上の鉄幹の世界です。しかし、鉄幹は本当は天に居る神の子であったといいます。

　こんな歌を見ると、すぐに思い出すことがあります。

初期の『みだれ髪』前後の頃によく出てきます「星の子」という考え方です。冒頭にあげた「夜の帳にささめき尽きし星の今を下界の人の髪のほつれよ」という星、これは「星の子」だという意見があります。

この歌の私なりの理解では「夜の帳の中でおたがいに愛をささやき合った」、ささやき合っているのは鉄幹と晶子ですが、それはまさに星として恋をささやき合っているというのです。星の子であり星の娘であるわけです。「それが終わった後――もちろんこれは鉄幹と一緒にいないということですね――自分はもはや下界の人間になってしまっている。鬢の毛ももうバサバサになっている。そういうわたし」という歌だろうと思うのです。

とにかく晶子というとみだれ髪だとか、髪が多かったとか、髪のことをいろいろ悪い意味でいいますけれども、わたしは良いイメージだと思います。晶子はむしろメドゥサでありますから。ギリシャ神話のメドゥサは頭に蛇がたくさんいます。晶子はそういう歌も作っています。ですから、髪の毛は収まらないでほつれるわけです。

「下界の人間となってしまって、鬢のほつれている、やつれた姿をしている」のが恋の状況にないわたしです。恋の状況とは天上、星の子。夜の帳は天の夜空。全部黒く塗りこめられてしまう。その中で人に見られることもなく、さざめている、というような歌ですね。

さて、いまの歌に戻りますと、星の子である鉄幹と、下界の人間としての鉄幹がいま骸《むくろ》となっているという対比があります。ですから、晩年の歌が『みだれ髪』時代の初期の晶子とまったく別だということは、全然ありません。むしろ共通するところが多いのです。

いま神の子ということをいいましたけれども、『みだれ髪』の中にこんな歌があります。

細きわがうなじにあまる御手《みて》のべてささへたまへな帰る夜《よ》の神

「細い私の首、そこにあまるような逞《たくま》しい立派な手を差し延べてわたしを支えてください。やがてここから去って行く夜の神さま」という歌です。具体的な風景に置き換えてみますと、「時は夜、そこに居るのは神の子である鉄幹、それが自分のか細いうなじを支えてくれる」ということです。こういう歌が『みだれ髪』の中にあります。

これを見ると、晶子の鉄幹に対する気持ちは生涯変わらないで、ずっと生きていることがわかります。それを引き継ぎながら表現が素直になりまして、いかなる愛がここに歌われているかということがよくわかるのです。

もうひとつ挙げますと、こんな歌も「寝園」の中に出てきます。

武蔵野の若葉の上に雹《ひょう》ふりぬ何事ならず天《あめ》のかなしめり

武蔵野にある若々しい葉っぱの上に雹が降ったというのです。「いったい何ごとなのだろう、と思うけども、何ごとでもないんだ。つまり天が悲しんでいるのだから、青葉の季節に雹が降ってくるようなことがあるんだ」といっているのです。これが鉄幹への哀悼の歌です。天が悲しんでいるというのは鉄幹が悲しんでいるということです。鉄幹が悲しんでいるから青葉の上に雹が降ったのだというのです。

さっき自然と一体化しているといいましたけれども、さらに集約されて焦点が定まり、自然の中の天を、ひとつのシンボルとして考えているのです。いわばスーパーマン、超人性を確認する歌がズラッと続いています。自然と一体ということは肉体が抽象化されることです。ですからここに具体的な形などないでしょう。形がないから描けないのです。最初から生きている姿は捨象されてしまっています。すでに死者として登場しているといったのはそういうことです。超人に姿を変えて登場してきているのです。

おそらくこれが鉄幹の死を契機に晶子が感じた第一の点ではなかったでしょうか。昔から鉄幹のことを天をシンボルとするような人だと感じ、そういう愛を『みだれ髪』時代から持っていたことが、挽歌を通してよくわかります。つまり、堺の一少女が、当時のスターである鉄幹に思慕を寄せ、その距離がだんだんと縮まっていって、一緒に生活をするようになりました。最初から天という概念を持って、鉄幹は晶子の前に現れてきたでしょうし、晶子もまた天をシンボルとするような人間として鉄幹を見ていたということがわかります。

第二の点は晶子が愛を歌と重ねて考えていたらしい点です。歌に重ねられた愛といいましょうか、鉄幹と自分との間にそういう愛の形を考えていたらしいのです。

たとえば鉄幹が亡くなったあと、こんな歌を「寝園」の中で詠んでいます。

取り出でて死なぬ文字をば読む朝はなほ永久の恋とおぼゆる

時は朝、取り出してみた鉄幹の書き残した文字、おそらく歌だと思いますが、それを読むのです。その時、「私は永久の愛を信ずることができる」というのです。愛を歌ったというようなものではなく、歌によって出会った二人は歌が愛、愛が歌である、そういう日常が何十年か続いていると思うのです。

その裏付けのために次の歌を出してみたいと思います。『みだれ髪』の中の歌です。

経はにがし春の夕べを奥の院の二十五菩薩歌うけたまへ

「お経なんて甘美でない。だから、春の夕べは奥の院にまします二十五体の菩薩よ、歌をお受け取りください」というのです。お経は苦い、歌は良いというのです。ですから、二十五菩薩に歌を奉納しているのです。

中国の詩人、白楽天は、晩年に自分の作った詩をお寺に奉納しています。当時、中国では詩を作ると、罪を引き受けてしまうという考え方がありました。ですから、罪業を清めてもらうために、自分の詩集をお寺に納めるのです。

晶子の歌はそういう文学観に基づいた歌だと思います。つまり歌は人間の罪を作るものではなく、むしろ仏さまが喜んで受けてくれるものだという考え方の上で、「歌うけたまへ」ということばが出てきます。歌が、むしろ愛と重なる、愛を確認するものだと考えています。

第三の点は、仏教でいう空《くう》についてです。

空との戦い、それが晶子の挽歌の中には見られます。具体的にいうと、晶子は魂魄《こんぱく》、とくに魄の方が好きだったようです。人間が死んで魂魄になるという歌がたくさんありますし、転生についてもたくさん詠まれています。それから世の中を空ではなく無と感じることがたくさん出てきます。

第四の点は、死に関してです。その一番目は死が仮なのか真実なのかということを疑って、そのふたつの間を放浪することです。魂になった鉄幹を歌う、転生を歌う、世の無を歌う、死が仮であるのか真であるのかを歌う。こういうものを一言でいってみれば、死が空であって、晶子はその空と戦っているのだと、わたしは思うのです。

もっと具体的な例を挙げましょう。「魂」についてみますと、

なきたまのがんと思へる書斎さへ田舎の客のとりちらすかな

という歌があります。田舎の人間が出て来て、鉄幹の書斎を散らかすという歌です。この時の書斎とは亡き魂の龕《がん》だといいます。仏さまなどを納めた厨子《ずし》のようなものを龕といいます。龕の中に仏さまが居ます。だから、書斎は亡くなった鉄幹の魂の籠もっているところ、龕と思っているのです。

二番目は「転生」の歌、これもおもしろい歌だと思います。

自らを転生したる君として慰むらんか時たたむのち

「君」は鉄幹のことです。「貴方が生まれ変わったものとして、わたしは自分のことを慰めるようになるだろうか、時間が経った後では」という歌です。鉄幹が晶子に転生しているといっているのです。ですから、鉄幹と晶子が一体なのです。

三番目には世の中の「無」ということをいいました。

　君つひに無の世にうつりはててのち我のすめるもなかばは無の世

「貴方が結局最後に無の世に移り果てたその後は、わたしが住んでいるのも、半分は無といえるような世の中である」といっているのです。「無の世」というふうに鉄幹の行ったところを表現し、自分も生きているけれども「無の世」であるというのです。世という概念は、下界と内容が同じです。世俗、下界、その無を晶子は非常に大事にしました。世というものを具体的に認め、具体的にその力を認識しています。

「春短かし何に不滅の命ぞと」という歌もそうです。春が短い、生命なんて永遠ではないではないか、だから「力がある手に」というふうに、皆世に属しているものを評価しています。きれいごとではないのです。

「寂しからずや道を説く君」という歌がありますが、この君のような人は世に住んでいないのです。世俗性がないのです。その反対が晶子のパワーです。いま、その世が無になっているということなのです。ですから、これは現実的なものに対する諦めや絶望が忍び寄っているという感じがあります。

　最後の四番目は嘘だろうか本当だろうかという話。こんな歌があります。

　君が死を仮ぞといはば仮ながらまことなりけりただしくみれば

「貴方の死を仮に過ごしたのだというふうにいうのならば、それは仮である。しかし、本当なんだなあ、正しくみれば」というのです。〝本当に死んだのだろうか、これは嘘ではないか〟と思うことが、死を前にした時の人間の正直な気持ちとしてあります。

じつは、わたしが親しくしている韓国の孫戸妍《そんほよん》さんが短歌をお作りになるのです。もう五冊目の歌集をお出しになりました。

その方が旦那様を亡くされ、その時の歌が素晴らしいのです。

君よ我が愛の深さを試さんとかりそめに目を閉ぢたまひしか

ふざけて仮に死んだふりをしてみたらどうだろう。相手が〝死んでしまって良かった〟と思うか。本当に愛していたらうろたえるわけでしょう。それを試そうとして、かりそめに目を閉じたのだろうかという歌なのです。与謝野晶子と同じような考え方をしているのです。

結局目の前にあるものがひとつの空しさ、空《くう》ですね。空は空として、現実なのですね。とくに仏教的にいえばそうです。

そういうものがあってはならない、もっと具体的なものであってほしいと思いながら、目の前にあるものは空であることを、容赦なく自分に押し付けてくる、晶子はそれに一所懸命に抗《あらが》っているわけです。

逆にいうと、晶子における愛はやはり空ではないのです。空の反対を有《ゆう》といえば、有というその実存に根差して晶子の愛はあるのです。そういうことをこの歌から知ることができると思います。

不滅の肉体としての歌

こうした晶子の愛をまとめておきましょう。

一番初めに、晶子は、スーパーマン、超人として鉄幹を見てきたのだといいました。このことを愛ということばで置き換えてみると、晶子にとっての愛は命です。この命を宇宙に拡大させるもの、これが晶子の愛だったのです。現実にあるのは単なる小さな肉体です。しかし、個々の肉体を超えて、たとえば星の子になったり神の子になったり、あるいは涙が藤の花になるというように、生命が愛の中で宇宙に拡大していきます。

これは鉄幹だけの命が拡大するのではなくて、それと愛の関係を持っている自分もまた宇宙に命が拡大していくという、そういう実感が晶子の愛だと、思います。晶子は自らの命を拡大させるものとして、愛を認めていたと思うのです。

二番目。愛というものが歌と重ねられる必然性を持っていました。歌われること、あるいは歌うことが愛の表現で、そうでなければ愛ではないという考え方です。訴えるものが愛であり、それが自然と歌になる、それが「我は歌の子」につながるのです。「愛の生命体を持っているわたしは歌の子であり、歌に必然的に重ねられる性質を持って愛といえるのだ」と考えていたと思うのです。言霊《ことだま》といっていいような、歌に対する篤《あつ》い信仰があります。

三番目には空との抗いがあったと申しました。晶子にとって肉体とは滅んではいけないもの、肉体は永遠と考えたのです。そういう実感の中で愛が燃えたのです。

繰り返し申しますと、宇宙への拡大、歌との合一、そして不滅。この三つが晶子における愛です。

しいていえば、ひとつだけ、罪ということばが『みだれ髪』にはたくさん出てきますが、「寝園」の中ではまったくありません。そこには変化があるのですが、この罪という意識は仏を前にすることで出てきたものです。仏や神と相対化した時に出てきます。晶子は「神」を最後まで歌いますから、罪の意識は残っていたのかもしれませんが、その罪は超えられていると思います。

罪というのはレトリックではないでしょうか。本当に罪深いというなら、最初鉄幹に会いに東京へ出掛けて行くでしょうか。鉄幹の妻・滝野が出たその日に行くでしょうか。晶子にとって、罪というのはレトリックだと思います。

これらは引き合いに出しました清水房雄とか吉野秀雄とか、斎藤茂吉とか、そういう人たちとはまったく性質が違います。彼らは具体的に事実を詠もうとします。晶子の歌のように抽象化したものではなく、それなりに思索的、哲学的です。晶子の方は浪漫主義がしばしばとる形、それが非常に抽象化されたものだということもあるかもしれません。

いのち

自然と生命

上田三四二と日本の風景

わたしはいま、ユネスコの国内委員をしています。その委員会で、海外に翻訳すべき本のリストを作ったことがあります。『古事記』から現代までのすべての本の中からの二百点でした。

そのリストは海外に送られ、そのリストに載っているものの翻訳に関しては、日本の政府が援助しますと、そういうシステムです。

そのときわたしは、上田三四二《みよじ》の『うつしみ　この内なる自然』(平凡社)を、日本の本の代表的な二百点の中に入れるべきだと強く主張し、入れることができました。

その本の中に、新幹線の車窓の風景のことが書いてあります。上田は、新神戸とか、明石、西明石とか、そういうところを通る時の風景をずっと見ていると、自分の生まれ育った故郷、兵庫県の小野市の風景と似ているというのです。

ですから、わたしが小野市へ行った時、まっ先に上田が書いていた明石や神戸あたりの風景とくらべて見ました。大変穏やかな良い風景です。

そのあたりの風景を、上田は「非常に弥生的な自然だ」と本の中でいっています。

水田を耕作する農民たちが稲作を持って南の方から来、弥生時代ができあがる。それまでの縄文時代とは違った生活形態がつくられてくるのです。

縄文の人たちは、山とか野とか呼ばれるところにいた人々です。「野」とはスロープのあるところをいいます。それに対して、「原」と呼ばれる平らなところ、何せ水田は平らでなければ水が張れませんから、平らなところに生活をして、しかも農耕という集団生活を営む、そうした人たちが弥生人です。

日本は縄文人から弥生人へと主役をかえて歴史を作ってきたのですが、ただ、そういうふうに変わったといっても、すぐに変わるわけではないので、縄文時代はいまだに続いている、という意見もあります。たとえば、われわれが〝故郷〟のイメージとして持っているのは、「うさぎ追いしあの山、こぶな釣りしかの川」というものでしょう。みなそれをなつかしがって歌うのですけれども、考えてみれば、うさぎを追いかけた人が、どれぐらいいるだろうか。こぶなぐらいだったらいいかもしれないけど、うさぎを追いかけた人は非常に珍しいように思います。わたしなどは、こぶなどころか、金魚すくいぐらいです。しかし、「うさぎ追いしあの山」とか、「こぶな釣りしかの川」というと、何となくそこに、原日本のイメージが浮かんでくる感じがある。

これからすると、この歌で歌われている縄文時代の狩猟採集の生活意識はまだ続いていると考えることもできるかもしれません。岡本太郎のように縄文賛美をする人もいます。

しかし、非常に調和的な、穏やかな自然、そうした自然の中に順応しながら生きていく人間。そうした弥生的なものを日本人は、ひとつの伝統として持っているのでしょう。

さてその弥生的な自然に対して上田は、弥生が縄文を否定したというだけではなく、縄文のさらに奥にある時代を弥生がとり戻したのだ、と考えます。

これは、上田の独創的な見解ですが、日本の文明に対する非常に鋭い指摘でしょう。たとえば、漢字のようにごつごつしたような男っぽい文化、これは縄文的な傾向を持っているのでしょうし、それに対して、かな文字は、非常に弥生的な柔らかな文化を代表する。そうしたものがふたつ一緒になって、日本的なものができあがっている。

短歌は非常に柔和であって優しくて、弥生的なものである。それに対して、もっと理屈っぽくて四角ばっている俳句の方は、縄文的なものだとか、という区別もできます。

そうしたふたつの対立で、日本の文化は流れて来ているというのが一般的な見方です。葛飾北斎のような浮世絵師がいるかと思うと、喜多川歌麿のような浮世絵師がいるなどです。

それが普通の図式ですが、それを上田三四二は、もうひとつ奥のものとしてとり出してくるのです。

では、上田がいう縄文のもうひとつ奥にあるものというのは何かというと、「人間が自然とほど良く調和している」、そういう世界です。

これをわたしは人間と自然との調和だと考えます。縄文とか弥生とかという区別で、これを考えてよいのだろうかというのが上田の提案ではないでしょうか。

内なる自然

上田の『うつしみ』という本には、サブ・タイトルに、「この内なる自然」とあります。「うつしみ」は、体の内部の自然である、という考えです。内部とか外部とかいうのは何かといえば、われわれの周りをとり巻いているものが、外なる自然です。それに対して、もうひとつ内側にも、自然というものを持っている。それが、「うつしみ」と呼ばれるものだということです。極端にいうと、このわれわれの体の内部に、川が流れていたり、山が聳《そび》えていたりする。それが内なる自然だと。

これはどういうことなのか。上田は不幸にして、若い頃から、難病と闘ってきました。それを克服しようとすることに、上田の生涯があったのです。生きるために、病を、不本意ながら引き受けざるをえなかった。

生前、上田三四二は、非常に優しい人でした。しかし、うちに秘めていたものは、非常に激しい闘争だったのです。そうした闘争を通して上田が少しずつ到達していったものは何かといえば、人間が、自然と隔絶された別物であるという見方から起こってくる、ひとつの不幸せ、その不幸せを乗り越えるということでした。

山は永遠の命を持っている、川も永遠の命を持っている、けれども人間はすぐ死んでしまう。なぜ人間だけが、死ななければいけないのか。そういう問いが、数限りなく世の中にはある。「国破れて山河あり　城春にして草木深し」もそのひとつです。「年年歳歳花相似たり　歳歳年年人同じからず」もまた、そのうちのひとつです。

このように、自然の悠久と人間の有限、そのふたつを突き合わせたところに、人間のひとつの悲劇が起こりました。

それを、そのまま引き受けている限り、人間は常に不幸せです。ところが上田は、この肉体も自然のひとつだという思いに到達することによって、人間の悲劇を乗り越えようとしたのです。その大変な闘争がその本だとわたしは思うのです。

これは知の力によって、人間の有限を、人間の悲劇を超越しようとした、そういう闘争の本です。

われわれの有限の命を救うものは、お医者さんだと思っている人が多いと思います。医学が、現代は神さまです。ですから、神社の神さまがだんだん権威を失っていって、病院に神さまが移りつつある。

けれども、そうではないのですね。その、上田はほかならない医者ですから、医学などが神にはなりえないということをよく知っていたと思います。

では、医療さえ絶対ではないのに、何が人間を救う絶対なのかということを考えました。その時上田は、それは知だと気づきます。

知という人間の認識。知性的な到達が、人間の有限であることとの悲劇を乗り越えることができるだろうと思ったのです。

その図式は、上田だけではなく、古来の識者たちが、ずっとくり返して来たことですが、上田もこの本の中で、そういう闘争をくり返したのです。

その結果が自然と人間の調和が縄文の奥にある、つまり根源的なものだということです。三億年ぐらい前でしょうか、人間が水から上がって来た時から人間が持っていた、自然と人間との関係です。縄文といってもたかだか一万年ぐらい前です。弥生は紀元前後ぐらいのところで、ごくごく短い期間ですね、人類の歴史にとっては。

それよりもっともっと前、人間と自然は親和関係を持っていた。親しみ合う、睦《むつ》み合う関係を持っていた。そのことを上田は、「この内なる自然」という形でいうのです。先ほど述べたように、比喩的にいえば、体の中に、山があったり川があったりする。花が咲いたり風が吹いたりする、ということです。

人間と自然とが親和するものであることは、ことばを代えていうと、この宇宙全体が、非常に大きなひとつの生命体を持っている。その中に、山もあり、川もあり、風もあり、太陽も輝き、また花も咲く。そして人間がその中で遊び、戯れ、喜び合い、愛し合う。そういう生活が本当の天地自然の中に組みこまれた組織なのだと考えることもできます。

じつはこのような天地全体の組織はわたしも、古典を読んでいると感じます。

たとえば、空に雁が来ると地上が紅葉するという歌が、『万葉集』にあります。つまり、紅葉が雁の声を聞いて紅葉したと歌うのです。しかもこれはレトリックではない。古代人は本当に木々の葉っぱが、雁の声を聞いていると思うのです。木々が雁の声を聞いて、「あっ、もう雁が来たから紅葉しなければいけない」と思って、一斉に紅葉を始めるのだと考えたのが、日本の古代人です。

さらに、それは古代だけかというと、もっと後までありますす。たとえば、

鶏頭や雁の来る時なをあかし　（続猿蓑）

という松尾芭蕉の句があります。鶏頭の別名として「雁来紅《がんらいこう》」ということばが中国にありますから、それを「鶏頭は、雁の来る時に一層赤くなる」と翻訳したと評論家はいいますけども、そうではなくて、やはり鶏頭は、雁が来ることによって、雁の声に促されて、いっそう自ら紅味を増すという実感があったと思われます。

宇宙全体がひとつの生命体であることを、わたしは、宇宙生命体ということばで呼んでいます。宇宙にひとつの生命体の組織があると考えるべきでしょう。

内なる自然の声を聞く

上田三四二が到達したものも、それと同じようなものだったのではないかと思います。

いま、芭蕉を例に出しましたけれども、芭蕉の他の句にも、滋賀県の瀬田の蛍が吉野の桜だという句があるのです。

「ほたる」

めに残るよしのをせたの蛍哉　（真蹟　詠草）

吉野に咲いていた桜が瀬田の蛍になるという不思議な句があるのです。順序だてていえば、桜の残影をもちながら瀬田の蛍を見るというのでしょうが、これもやはり、天地の宇宙の中のひとつの生命が、形を変えて、変幻しながら地球を彩ってゆく。春には吉野の桜になり、夏には瀬田の蛍になるというふうに、われわれ人間に喜びを与えてくれる。それはずっと一貫した生命のひとつの装いであるという理解ができる句です。

現代でも、山川登美子の歌のひとつに、

桜ちる音と胸うつ血の脈と似けれそゞろに涙のわく日

という作品があります。桜の散る音と、この脈拍、この血脈の流れる音とが同じだというのです。

話はまったく脱線しますが、わたしは本当に耳が悪くて、音楽などよくわからないのですが、リルケがやはり、音痴だったようです。ですからリルケは音楽会に行きますと、目をつむって、一所懸命耳を傾けて、音楽を聴こうとしたようです。

すると、隣りの友人がリルケに囁《ささや》き、「リルケ君、君は素晴らしい目を持っているのだから、目で音楽を聴きたまえ」といったという逸話があるのです。これはわたしをすごくエンカレッジ（勇気づけ）しました。わたしは音楽会へ行ったら、グワッと目を開いて聴いております。

山川登美子は桜の散る音を聞きとめていた。聞きとめただけではなく、その音と血の流れの音とがイコールだと、いうのです。

「似ていることだなあ。そぞろになんとなく涙の湧いて来る日は」という、そういう歌です。やっぱり花びらが、山川登美子の体の中で散っていたのではないでしょうか。それを上田三四二は、内なる自然といったのです。

このように、桜の散る自然は、体の外にあるのではないのです。上田のいうところによると、このうつしみが内に抱えている自然です。それと同じことを、山川登美子も感じたのだ、と思うのです。

そこに至るプロセスが病だとすると、ふたりとも同じような到達点を持ったことになります。

上田は闘病のプロセスで、自分の体というものを嫌というほど知り抜いたと思うのです。そうするといかにこの肉体が、自然と同じ摂理の中にあるかということがわかってきたのではないでしょうか。人間と自然が別物ではないと思ったに違いない。

動物などもそうですね。わたしの家の庭には、小っちゃな身長三センチくらいの蛙が住みついていますが、これが鳴きますと翌日は必ず雨が降ります。かじかなんかもそうですね。曇っている、湿気のある、そういう時でないと鳴かない。そんなシステムが、この世の中にはいっぱいあります。

なのに、なぜ人間だけが自然と違うのか。そんなことはありえないでしょう。正しい生命観が、縄文以前の本来の、本当の人間の生活にはあったはずです。それを上田は、「縄文の奥を回復した弥生」といったのです。回復をされたものは、自然と人間との調和です。

上田の本の一冊に『花に逢う』という本があります。いろいろな花のことを書いた本ですが、花は、毎年咲く。それに、人間が出会って喜ぶ。花が咲いては散り、咲いては散るというそうした天地自然の運行の中に、人間がうつしみを差し出すという。

この「差し出す」というのは、上田のことばです。その差し出す時に出会う、自然と人間との触れ合いの喜びですね。そういうものが、自然と肉体との調和だと考えているのでしょう。

人類学者のエリアデが『永遠回帰の神話』（一九六三年　未來社）の中で、時間というものはふたつあるといいます。ひとつは、直線的な時間である。たとえば一九九八年があり、一九九九年があり、二〇〇〇年がある。これは、リニアな時間です。

われわれは、時間はそれしかないと思いこんでいますが、しかし、自然界の花、植物、木々、草木、そういったようなものは、もっと円環の時間を持っています。花が咲いて散る。また、芽生えて花が咲いて散る。これは円環する時間だと。そういうサイクルを為す時間と、リニアの真っ直《すぐ》に行く時間とふたつある。自然の持っている時間というのは、そうした円環する時間である。

それに対して、人間はもう死んでしまったら生き返らない、生命というものが、有限で途絶えていくのだというふうに考えた時に、このふたつは矛盾してしまう。

上田三四二の、「うつしみ　この内なる自然」という思想は、そうではない、やはり人間の生命もまた、円環の時間の中に委《ゆだ》ねられるのだという考え方です。それが、花に逢う喜びです。花が咲いて散るという、そのところに共鳴をし、親和し、生命を委ねてゆく、そういう時に自然と人間が、一体になることができるのだという考え方です。それを上田三四二は、提唱するのです。

永遠の生命

人間はたんに生まれて死ぬだけの存在ではなくて、人間もまた天地自然の永久の時間の中に生かされているのだと思います。すると、死もまたひとつの生だと考えることができる。古代の日本人の考え方に依ると、魂は永遠です。魂は一人一人の「うつしみ」を移っていくだけで、魂に死はない。それが、日本人の考え方です。親の魂は、子どもに受け継がれてゆきます。だから、死もまたひとつの生となります。

そこでこうした考え方は、日本だけではなく、グローバルにあったと考えた方がいい。

芥川龍之介の小説に、「神々の微笑」という小説があります。主人公の宣教師が、ある日、朦朧とした中で、南蛮寺の内陣が様変わりをして、天の岩戸になるのです。そこで天鈿女《あめのうずめの》命《みこと》が踊りだして、大日孁貴《おおひるめのみこと》、つまり天照大神が出て来るという、幻想に襲われます。

そこにひとりの老人が現れる。「あなたはだれですか」と聞くと、「この国に住んでいる魂の一人です」という。そして、宣教師に対し、「あなたは熱心に日本人をキリスト教に改宗させようとしているけども、なかなかそうは行きませんよ」。「この国は、山や川の霊が、強い国ですから」というのです。

その宣教師も、山川の霊が如何に強いかということを良く感じていました。その中で、一所懸命、布教をしているという設定です。

芥川は、ひとつの寓話を書いたのでして、キリスト教という一神教の宣教師が、ひとつの天地、唯一の神というものをどう説いても、日本には、山や川の魂があり精霊がある。そういうものが強くて、日本人はなかなかそれを受け入れない、かりに受け入れたとしても、それをどんどん、変形していくでしょうということを説いた、ひとつの寓話的な小説です。

芥川龍之介も、山川の霊というものがいかに強いかということをいっているのです。

また堀辰雄も大和路へ行き、「第二の自然」ということばを作りました。かつて人事が営まれたものが全部いま、荒廃に帰してしまって、自然が広がっている。「これが大和の風景だ」。しかしこれは第一の自然ではない、第二の自然だ、といいました。これもまた、人間と自然とが親和したものでしょう。

そうしたものがずっと伝統としてあることがわかります。その一端を、この『うつしみ』という作品はじつに素晴らしく説き明かした。しかも体験的に自然と人間との生命の調和を説いた本だと思うのです。

この本の結論は、ひとつの永遠性ということばで結ばれています。無限への到達が、上田三四二の時間との格闘の最後の到達点だったと思えます。

それにしても、上田三四二の作品は、非常にスタティック（静か）な印象をあたえます。上田作品のこの静謐《せいひつ》さは、永遠への味到、天地自然と人間との調和によってもたらされた人間の生命の永遠性、そうしたものを魂の根底とした時に誕生したものに違いないでしょう。

II

感じる

吉野の象

傾く月

「感性の復権」について考えています。

近頃、世の中すべて理屈、理屈というばかりではないでしょうか。とにかく理性が大事、知性が大事。その反対に感性などというものはまったく忘れられて、価値が低いように思われています。

そういう二十一世紀のわれわれの習慣が、じつは最近いささか疑われだしています。もっと感性を大事にしなければいけない、というかけ声はいろいろなところから出てきているように思うのです。

感性の権利を復活する、感性の復権ということは、日本、多少広くいいますと、アジアの人々の使命である。二十一世紀こそアジアが感性を発信していく時代ではないかと思っています。

最初に、一〇一ページの絵をご覧ください。作者は工藤甲人《くどうこうじん》さんです。大変すぐれた第一級の日本画家でした。

この絵の題は「炎立《かぎろいた》つ」です。『万葉集』の中で柿本人麻呂が、

東《ひむがし》の野に炎《かぎろひ》の立つ見えてかへり見すれば月傾《かたぶ》きぬ　（巻一—四八）

という大変有名な歌をつくりました。これにもとづいた絵です。

「かぎろい」というのは、明け方の光です。東の方の野原に光が出てきて、明るくなってくる。あれがかぎろいです。そして振り返ると、月が傾いているというのです。月は有明の月で、それがいま沈もうとしている。

じつはこの絵は、奈良県の明日香村にできた県立の万葉文化館が工藤甲人さんに「万葉の歌を基にして絵を描いていただきたい」とお願いしたところ、この絵をいただきました。

そこで開館準備の人たちが、来た絵を見てびっくりしました。イメージとして描いていたものはたとえば、東の空が白々と明けていって、出ようとする太陽がある。そして、反対の方には月が傾いていて、真ん中に廷臣（もののふ）たちがたくさん馬に乗っている。そういうような絵を想像していたのです。ところが、この甲人さんの絵が来たのです。

早速万葉文化館の館長予定のわたしのところへ話が参りました。

しかし、もちろんこの絵はすばらしい絵です。

絵の右端のところがぽーっと白くなっていますね。真っ白な半月が右の方にあるのです。これが「月傾きぬ」です。

月が明け方に傾くのですから、下旬です。

真ん中に茶色や赤く見えるのは蝶です。そして、左側のところにぐるぐると先をまいているのはゼンマイです。万葉時代にはゼンマイもワラビも「わらび」といいました。またワラビもあります。また仏前の華鬘《けまん》にしたムラサキケマン、紫の延齢草もあります。

空にも多少濃淡がありまして、非常に奥行きが感じられる。そういう絵を描いていただいたのです。

さて、これは何を意味するのでしょう。まず蝶です。蝶は、洋の東西を問わず、また時代を問わず、魂《たましい》だという見方があります。ギリシャ語でプシュケということばの意味は、「呼吸」でもあり、「魂」でもある。そしてまた蝶も意味するのです。

先ほどから挙げています「東の野に炎の立つ見えて……」という歌は、それに先立って草《くさ》壁皇子《かべのおうじ》という皇太子が亡くなりました。皇子は時の女帝、持統天皇が大変愛していた皇太子で、病気がちであったようですが、その病気が回復して、晴れて天子になる日を楽しみにしながら持統天皇は待っていたのです。

ところが、晴れの日を迎えるに先立って、草壁皇子は亡くなってしまった。さらにその子が軽皇子《かるのみこ》ですが、やがて天皇になります。文武《もんむ》天皇です。その軽皇子が立太子直前に阿騎野《あきの》に行った。その時にお供をした人麻呂がつくった歌です。

そこで歌の中の「月傾きぬ」が、亡くなった皇太子のことだという解釈も可能です。皇太子が亡くなった。だけども、それを継ぐように新たに東から太陽が昇ろうとしている。これ

工藤甲人「炎立つ」 奈良県立万葉文化館蔵

が軽皇子。やがて天皇になろうとしている皇子が、いまみごとに成長していることを寓意した歌だという理解の仕方もできるのです。

この時人麻呂は四首をつくっています。この歌の後に、

日並《ひなみし》皇子《のみこ》の命《みこと》の馬並《な》めて御猟《みかり》立たしし時は来向かふ　（巻一―四九）

という歌があります。昔、草壁皇子が馬を並べて、さあ狩りに出発しようとして馬ぞろえをした、その時がいまやってきたという歌です。過去の時間のよみがえりです。延齢草は亡き皇太子の命の長さの象徴でしょう。そして、亡くなった草壁皇子の魂がこの世にあって、やがてその魂を受け継いで、次の皇子が天子になる。その時がまさに来ようとしているということでしょう。それを理解して、工藤甲人さんはこれを描いた。

ですから、蝶は草壁皇子の魂です。

それから、ゼンマイのたぐいですが、「蕨手紋《わらびでもん》」と呼ばれる模様があります。葦の絵を描いて葦手紋、ワラビの絵を描いて蕨手紋というふうにいいます。

蕨手紋の模様は、九州の装飾古墳の壁に描かれています。珍敷塚《めずらしづか》古墳などです。古墳内部の石室に絵が描かれたものを装飾古墳といいますが、その中にこの蕨手紋がたくさん描かれています。

なぜ死者を葬った部屋の中に蕨手紋が描かれるのか。蕨手紋は、ぐるぐる続いている、つまり渦巻きなのです。渦巻きは、昔から永遠の象徴です。いつまでもぐるぐる巻いて尽きないからです。ギリシャのクレタ島の迷宮も、海底の渦巻きを基にしてできているといわれています。

また、巴文《ともえもん》というものがあります。丸があって、尾っぽが出ているような。韓国旗の太極印も要するに一種の渦巻きです。魂に尾っぽがついたという形ですが、この意味は明瞭です。要するに永遠の渦巻きを表しているのです。ぐるぐる回るものは無限です。人間は無限の美しさを、大きな人類の課題としました。

万葉集では志貴皇子が「石《いは》ばしる垂水《たるみ》の上のさ蕨《わらび》の萌え出づる春になりにけるかも」（巻八―一四一八）と歌います。「さわらび」の「さ」は神聖なものにつけます。「さ夜」とか「さ苗」とか「さ少女」。なぜワラビが神聖なのか。ぐるぐるぐる巻いていて、永遠の命を持っているからです。

その永遠の命を託して、死者を葬った石室にワラビの模様を描くのです。

死は悲しいですね。命が有限であることの悲しさです。その悲しみを克服するために、生命が無限だと信じる。そういう祈りです。つまり永遠の祈りをこめて、有限の生命を遂げた死者を慰撫《いぶ》するために石室の中に描くのがワラビです。

草壁皇子が馬を並べて、狩りに出発しようとした時は、もうすでに終わってしまった時です。ところが、「時が来向かふ」、いま、時がやって来ようとしていると、人麻呂はまるで現在のように歌います。ですから、これは過去の時間ではなくて、永遠化された時間です。止まってしまった時間ではない。過ぎ去った時間ではなく、繰り返し繰り返し、いつもいつも続いている時間。いま、人麻呂たちがいる前にやって来ようとしているという、過去が永遠化された時間を人麻呂は歌っているのです。

草壁皇子の命はずっと続いているのだということを、このワラビに工藤甲人さんは託したのだとわたしは理解しています。

尊いムラサキケマンも、延齢草も同じ着想から描かれたにちがいありません。

吉野の象

もうひとつ絵をお目にかけます。

これはもっともっと変わっていまして、木立があり、向こうにゾウさんがいます。そして、木にはいろいろな鳥がたくさんとまっていて、左側には尾っぽの長いキジのようなものがい

川崎春彦「鳥の声」　奈良県立万葉文化館蔵

るかと思うと、右の方に、ちょっと茶色でやや大きく描いてある二匹が並んでいますでしょう。あれはフクロウなのです。前は川でして、カモの一種のオシドリが二羽います。

　これも万葉集の歌を基にした絵です。これも有名な歌で、

　　み吉野の象山《きさやま》の際《ま》の木末《こぬれ》にはここだもさわく
　　鳥の声かも　（巻六―九二四）

山部赤人の名歌です。み吉野（吉野）に象山《きさやま》という山があります。宮滝のすぐ奥のところです。その山のほとりのこぬれ（木の上）にはたくさんの鳥が騒いでいる。そういう歌です。やはりこれも明け方です。夜が白々と明け染めようとしている時に、鳥がたくさん鳴きますね。

　そういう歌ですから、宮滝があって、吉野の川がとうとうときれいに流れていて、向こうに象山という山がある。絵の制作を依頼した側は、そう

いう絵を期待していたのですね。

ところが、川崎春彦《かわさきはるひこ》さん、これまた日本画の大家がこういう絵を下さいました。

するとこの絵を内覧会で見た人から抗議の手紙が来ました。

「とにかくひどい絵だ。あの名歌に対して、こんな絵を描くとは冒瀆《ぼうとく》である」と書いてあるのです。

じつは「み吉野の象山の」の「象《きさ》」は、エレファントの象という意味です。ですからここに象を描いたのです。ぼんやりと何かを想像するという「想像」は、「想象」、象を思うというのが本来の文字なのです。中国の人たちも象を見たことがありませんので、見たことのない象を思うと表現しました。それが想像。まさに想像の中で川崎さんはこういう絵をお描きになった。

山部赤人が聖武《しょうむ》天皇のお供をして吉野に行きました。この吉野というところは、聖武天皇が憧れてやまない場所です。七世紀の天武天皇が吉野に入って、兵を起こして壬申《じんしん》の乱を勝ち取ったという苦難の場所です。天武王朝の原点が吉野です。天武天皇にとっては忘れ難い吉野。それを慕って聖武天皇は吉野に行っているのです。聖武天皇にとって天武天皇は神様みたいな人なのですね。

ですから、そういうところへ行った時に、聖武天皇一行の心にあるのは、悲しみとか怒りとかいうものではなくて、心いっぱい、全身にあふれるような喜び、昔のあこがれの天子のいらっしゃったところでともに夜を過ごすという喜びがいっぱいあふれているのです。そういう喜びの中で迎えた明け方です。

鳥たちがさわやかな声でさえずる。昔は、天の意思を伝えるものは鳥だと考えました。亡くなった人も鳥になるといいます。人の魂は鳥になって飛んでいく。だから、古代には鳥が大変大事にされました。人間が亡くなった姿だとも考えた。ここにもまたよみがえってくる過去があります。そして鳥どもが喜ばしい予告を持ってやってくる明け方です。

われわれが感じたものをどう表現するかということは、いまの二枚の絵をもってもおわかりいただけると思います。まさに感性の中で発揮される表現に、芸術というものの持っているもっとも尊い命があるのです。

山で鯨をつかまえる

次に、「ことばの闇」ということについて考えてみたいと思います。

『古事記』の中に、神武《じんむ》天皇が九州から大和にやってきて、宇陀に来た時に、その軍隊が歌を歌いました。「宇陀の高城《たかき》に　鴫罠《しぎわな》張る」。宇陀は地名、その高い砦《とりで》にシギを捕まえるためのわなを張ったというのです。かすみ網のような網を張ります。それはシギを捕らえようとして張ったというのです。

ところが、次に「鴫はさやらず（シギはかからないで）」「いすくはし　鯨さやる」と歌いました。「いすくはし」とは、勇ましいという意味です。シギはかからないで、勇ましいクジラがかかったという歌です。

いかがでしょう。妙な歌ですね。

従来の説明のひとつは、「クジラ」というのはホエールではないというものです。むかし、タカのことを「クチ」といった。これは朝鮮半島の百済《くだら》語です。だから、これはシギがかからないでタカがかかったという意味だという解釈です。

これならなるほどというふうにわかりますね。

ところが、五世紀くらいまでの日本人はタカのことを知りません。変な鳥が飛んできて、「あれ何という鳥だろう。わからない」といったら、百済人が「ああ、あれはクチ（鷹）というんだ」と教えてくれた。これは珍しい鳥だというので、朝廷に献上したという話が『日本書紀』にあります。神武天皇はいつ実在した天皇かわかりませんが、五世紀ではないでしょう。少し疑問が残ります。

しかし、こう理屈をつけて解釈することで正解がえられるのか、そこが問題ですね。山のてっぺんで鯨がかかったというのは、まさにあの川﨑春彦さんの絵のようなものです。とんでもない話だ。だから、これはおかしさを歌ったものだともとれます。

だけど、それはおかしいというのが圧倒的な意見でした。

文芸評論家の吉本隆明が次のようなことをいっています。地球は昔、陸地が海底に沈んでいて、だんだん隆起してきたといわれています。それがくっついたり離れたり、ぶつかったりして山ができた。

そういう、まだまだ大和という山国が海底にあった頃のことをこれはいっているのだというのです。だから鯨がかかっても当然だと。これを吉本隆明は「ハイ・イメージ」といいます。

それではシギはどうするのということになりますが、この意見をわたしが読みました時、すぐに思い出したのは、ウォルター・ペーターという人が、次のようなことをいっていることでした。

あの、ルーヴル美術館などで有名な「モナリザ」の周りを取り巻いている風景に目を止めたことがありますか。周りには、岩石がごつごつといっぱいあるのですね。

その絵に対して、ペーターは、これを描いた画家は、まだイタリアが海底だった頃の記憶を描きこんでいるのだといったのです。

吉本隆明はひそかにペーターを意識して、こういうことをおっしゃったのではないかとわたしは理解しました。

ペーターという人は、人間の無意識（unconsciousness）を問題にした人です。

フロイトという心理学者も無意識を問題にした。人間を支配しているのは意識ではない、無意識が人間を支配しているといいました。この説は当時、人間性を侮辱したものとして、皆から非難されたのですが、いまや通説になっています。われわれの意識は、意識野《や》（意識のフィールド）のほんのわずかだ。あとの大半は無意識の中にある。それをもって人間は存在しているのだ、というのです。

自己というものは、ほとんど大半が無意識の中に存在しているのだとフロイトはいいました。

それとペーターの考え方は同じです。

そういう無意識の中に、もう何億年という昔になってしまった、土地が海底であった時の記憶が受け継がれているのだという考え方です。それが、モナリザの場合にもあるし、吉本さんはこの歌の中にもあるのだというのです。

そんなものはおかしいではないかというふうにいわれますが、だんだんそのことが近頃は市民権を得つつあるのです。早い話、DNAの研究はそうでしょう。DNAを調べますと、この人がお酒が好きか嫌いかまでわかってしまうのです。自分は好きだ好きだと思っていても、DNAの組み方、遺伝子の中の組みこみが「この人はお酒に対する拒否反応がある」ということを数値で示してしまう。

そうした話でいくと、やがて無意識も数値で表されてくるかもしれないのです。そんなばかなとお思いになるかもしれないけれども、どうもそのようです。何億年か前の記憶をいまも持ち続けているということなのです。

そのことについて一番最初にいいだしたのはファーブルの『昆虫記』でしょうか。巣の中で育ったミチバチが、飛び出していった途端に、どこに蜜を持った花があるかを知っているというのです。これはちゃんと遺伝子の組みこみがあるということでしょう。

天地の始まりに洪水に見舞われる、という神話が世界中にあります。「洪水神話」といいます。日本にもちらとその痕跡があるのですが、世界中にあります。あのノアの方舟《はこぶね》の話がそうです。

どうして世界中の話が洪水から始まるのか。これは氷河期や間《かん》氷河期の記憶だといわれます。氷河が解けて洪水になった記憶。その氷河期並びに間氷河期の記憶が人類にあるから、世界中の神話が洪水から語り始められるのだと。

われわれは感性の分野で、そういう過去の記憶と無意識に向き合っている。直感的に向き合って、それが一人ひとりの立場、存在、人格をつくり上げているのです。

現代人の理屈に対する過信を捨てて、感じるのでいいのだと考えるべきだとわたしは思うのです。

ただ、わたしは『古事記』の歌は別の解釈が正しいと思う。「鴫はさやらず　鯨さやる」――海で捕れるはずの鯨がかかったという、そのおもしろさがこの歌をつくり上げているのです。さっきの川崎さんのゾウと同じです。もう意外や意外というおもしろさ。

あの、「東の野に炎の……」に対して、先ほどのような絵を描いてみるという、そのおもしろさ、意外さ。

「鯨一頭捕れると七浦潤う」、といわれます。鯨は徹底的にみんな利用します。鯨油で明かりをつくったとか、フランスでは鯨の骨でペチコートの部品をつくったとか、全部徹底的に利用しました。だから、一頭捕れば、七つの漁村がみんなリッチになってしまうという話です。

シギはどうでしょう。シギ一羽かかったって、しょうがないでしょう。しかし鯨が捕れればものすごくうれしいのです。だから、シギを捕りに行ったのに、なんとなんと鯨がかかったよ、七浦潤うよと、そういうおもしろさですね。そういうものがこの歌だろうと思います。

そういうようなおもしろみ、意外さ、何億年の過去の時間を全部背負っているのが「ことば」です。だから、わたしは「ことばには深い闇がある」といつもいいます。ことばの深い闇というものを理解しないと、ことばを理解したことにならない。書かれる一字一字も、字には深い闇がある。字は字だけではない、字は闇を持っている。底知れぬ深い闇を持っている。ことばなり字なりに接する人は、その闇に向かってチャレンジしているのです。

闇からの返事をどのように受け取るか、そして闇をどう表現するかという、そこに作品の理解がかかっていると思うのです。

祖父に乳房ふふませる?

闇について、つづけますと、水原紫苑《みずはらしおん》さんの歌があります。

うすずみのさくらが雪に咲くよるは祖父《おほちち》と眠る乳房ふふませ

岐阜でしょうか、うすずみざくらという、有名な古木があります。その桜が雪の中で咲いているのです。雪月花の雪・花ですね。そういう雪の中に咲く桜。非常に激しい、怪しい風景を描写しています。そして、その夜はおじいさんと一緒に寝るというのです。祖父と眠る。「乳房をふふませ（口に含ませて）」。そういう歌です。

この読後感をある方が新聞に書いています。「いや、もうびっくりした」。「私の理解によれば、水原さんは幻視の歌人である。だから、これは幻を歌ったものに違いないと思った」というのです。

仮にAさんとしておきましょう。Aさんは「これは幻想だ」といっているのです。それはそうでしょうね。「祖父と眠る乳房ふふませ」——おじいちゃんに自分の乳房を含ませて寝るというのです。そういう歌です。これはもう幻想に違いない。

そう思って、このAさんは水原さんに会ったらしいのですね。会った時に、自信たっぷりに「これは幻想ですね」と尋ねた。そうしたら、本人の水原さんは、「え？ 事実ですよ」とあいまいに微笑するだけ、というのです。「現実が幻で、幻が真実？ いや、現実は現実で、あの——……と、何だかわからぬが、やはり女流の歌は怖いと思った」というふうにAさんは書いているのです。

Aさんは、本当ではない、うそだ、幻視を歌ったのだと考えたからには、ひとつの解釈を持ったわけです。それはどういう解釈かというと、うすずみのさくらが雪の中に咲いていた。そういう激しい怪しげな風景が日暮れに包まれて姿を消していった。そういう夜は、おじいさんに自分の乳房を含ませて寝たと、そう考えたのです。だから、そんなことありえないよ、幻想だろうというので、「幻想ですか」と聞いたら「いや、本当ですよ」といわれたので、びっくりしたといっているのです。

わたしはそうではないと思う。おじいさんに乳房をふふませるなんてどこにも書いてありません。「祖父と眠る（おじいさんと寝る）」というのは、自分のおじいさんというのではなくて、つまり自分の子どもから見るとお父さんはおじいさんですね。

あるいは、本当に自分のおじいさんであってもいいのですが、乳房をふふませるのはだれか。自分の幼子、乳飲み子を抱いて、おじいさんのいる里に里帰りをした。そこで、おじいさんと一緒に、自分は乳飲み子に乳を飲ませながら寝ているんだというのでしょう。

つまり、自分の子どもにお乳を与えながら、自分のお父さんとないしはおじいさんと寝たという歌だと思います。そうでこそ「うすずみざくら」なのでしょう。何百年の世代を経てきた、太古の昔に人間の記憶を遡《さかのぼ》らせるもの、それがうすずみざくらです。

その間に、おじいさんがあり、お父さんの世代があり、自分の世代があり、子どもの世代がある。何世代にもわたる。四世代×三十だったら百二十年間。そういう百二十年間という時間が、「祖父と眠る　乳房ふふませ」という中に表現されてしまう。それでこそうすずみざくらだということになります。

おそらくこの歌はそういうことだと思うのです。

これは事実としてもそれを復元することができるけれども、ことほどさようにことばというものは大きな領域を抱えており、それをちょっとやそっとの理屈で考えようとしたら、にっちもさっちもいかないのです。ことばを、ことばの表面に表れた非常に貧しい理解の仕方で理解しようとすると、作品の持っている深みはまるでわからない。ことばというのはそうした深い深い闇を持っているのです。

象徴の意味

わたしは日本文化は三つの能力を持っているのですが、その三つの中でいま差し当たって一番関係があるのは「象徴の能力」だと思います。

象徴というのは、そのまま事実を表現するものではありません。「平和」を絵に描きなさいといわれたら、ハトを描く場合があります。平和の象徴がハトだからです。つまり、象徴という表現の仕方は、コンデンス（濃縮）して、エキスだけを理解し、それを表現しようとするものです。

能というのは象徴に満ちあふれた芸術ですが、舞台をぐるぐるっと回り「はや隅田川につきにけり」などといっている。あれが象徴です。隅田川に来るまでもうあっという間、一分もかかりません。

おそらく象徴という表現の仕方は、理屈を越え、そう思える、感じるということで理解するしかない。

この象徴という能力、象徴という方法を支えているその力、これは何の力かといったら、やはり感性です。感性がいかに芸術を成立させる根源の力かということがよくわかると思うのです。

八木重吉という詩人の、わたしの大好きな詩に、

ああ
はるか
よるの
薔薇《そうび》

という詩があります（「夜の薔薇」）。これだけの詩です。

詩というものは、これも結論的なことだけいって恐縮ですが、全宇宙を表現している。すぐれた芸術に出会った時、「ああ、すごい」と思う。それは、その作品の中に全宇宙を感じたという感動だと思います。

作り手、書き手、描き手も、全宇宙を表現しようとする。「ああ／はるか／よるの／薔薇」と口にすると、どこかへ連れていかれるような感じがしませんか。つまり宇宙空間に、われわれの体が浮遊します。無限の、とりとめもない、頼りない空間に体が浮いていきますね。これが宇宙体験です。

なぜこれが宇宙を感じさせるのか。全宇宙をよく象徴しているからだと思います。広大無辺なる全世界をたった一点において表現しようとするという、これが象徴です。

ところで、バラがどうしてヨーロッパ人に好まれるのかということにも、わたしは我流の解釈を持っています。一度、じーっとその花を見つめてください。花びらが何重にも何重にもなって、ずうっと奥があるでしょう? これが先ほどの無限です。蕨手の無限と同じです。しかも、それが仮に五角形の重なりだと見えたら、とてもうれしい。正五角形。対角線を引いてください。そうすると内側が星型になります。星になりますね。真ん中に五角形ができ、それで星型ができる。だから、また五角形ができます。また星型ができる。無限なのです。

正五角形は辺を一としますと、対角線は一・六です。その対角線をまた対角線で区切るでしょう。星型を描くと区切れます。その区切った部分が一対一・六です。どこをとっても一対一・六。これは黄金分割です。ヨーロッパにおいては一番美しい分割とされています。

ところが、アジアは違うのです。アジアは一対ルート2です。一対一・四です。それがアジアの黄金分割です。

どうしてルート2なのか。正方形に対角線を引いてください。そうすると、垂直二等辺三角形ができます。その垂直二等辺三角形の頂点から垂線をおろしてください。そうすると、また垂直二等辺三角形ができる。またその頂点から垂線をおろすと、また垂直二等辺三角形です。また切ると、また垂直二等辺三角形。これがルート2なのです。ピタゴラスの定理の元です。アジアはこの黄金分割です。

いずれも区分の美しさというのは、無限の持っている美しさです。それが五角形か四角形かで、ヨーロッパとアジアは違うのです。

そう考えると、バラが五角形の連続でつながっていくと、無限を感じるのです。「ああ／はるか／よるの／薔薇」という時に、この薔薇というのは無限を象徴しているのです。しかも、夜です。怖い夜です。昼間ではなくて、人間の経験の範囲の中に入らない時間です。人間は或る明るさがないと見えない。耳でもそうですね、あるヘルツからヘルツの間しか聴こえない。ですから、人間の貧しい能力を超えると怖いのです。それが夜です。そこで、「はるか」です。

いや、わたしがこのように、理屈でいうことは、貧しくて、回りくどくて、つまらない。逆に、感覚的な表現がいかにすぐれて、尊くて、濃縮されているかということを証明しています。

感性がいかに大事か。

一たす一が二であるとか、数値によって表されるものしかわれわれは信じない時代にいますが、人類の非常に貧困な精神性を救うものは何かといったら、感性しかない。

かつて人類の言語は詩の言語でした。ところが現在、全人類の所有している言語は、科学の言語です。詩の言語をいおうとすると、曖昧《あいまい》だと否定されるのです。かつてはそうではない。詩がサイエンスだったのです。それが、自然科学が発達してきますと、非常に正確なもののいい方、正確に何かをいうということが大事だということになってきた。

正確とは何でしょう。これが今日の心の荒廃をもたらしているに違いないのです。

きく

「聞く」と「見る」

聞く耳を持つ人

「聞《きこ》し召《め》す」ということばがあります。これは、古代から使われている日本固有のやまとことばのひとつで、「お聞きになる」という意味のほかに、食べることにも飲むことにも、たとえば「ご酒《しゅ》を聞し召す」などと使います。

ふしぎに思うかもしれませんが、人間の非常に重要な基本的行動を「きく」と表現しているのです。

さらに、「聞し召す」には天皇が「統治する、治める」という意味もあります。統治者の行動の基本は聞くことなのですね。見ることでも、しゃべることでも、触れることでもない。人々の話をよく聞ける人間にこそ、長つまり責任者としての資格があるのです。

たとえば、部下の話をよく聞ける社長が良い社長であり、子どもの言い分をよく聞ける親は良い親です。聞くということは、人間の器としての価値基準でもあるわけです。

では、「きく」と「みる」はどう違うかというと、「みる」とはアクティブな認識です。

「きく」はパッシブ、受動的であり、耳は受容する器官です。

また、「きく」ということは有事の仕業《しわざ》ではなくて、平事、平和な時の仕業です。戦さの最中に「物見」はしても「物聞」はしていられません。それだけに本質的だし、奥行きが深い。だからこそ、尊重しなければいけない高い精神性も持っているわけです。

たとえば、聖徳太子は十人の訴えを一度に聞いた。だから彼は聖者なのです。聖者とは、〝聞く耳〟を持っている人のことであり、相手のいっていることをまず受け取って、それから判断する。思想家とか哲学者は、皆よく聞く人です。見る人でもなく、しゃべる人でもありません。

受容する、それがものの判断の原型であって、声高であったり精神が高揚していては冷静な思考ができません。座っていることと聞くことは、知者の最大の条件です。

このように、耳はとても大事な器官で、古代の人は耳を植物の「実」になぞらえました。同様に鼻は「花」、目は「芽」、歯は「葉」です。芽は最初に確認するもの、花は一番先端にあるもの、葉は末端で伸びるものでしょう。

そして耳は入ってくるものを受け止め、その結実するものが果実であるという考えなのです。見て認識されるものよりも、聞こえてくるものの方が大事だと考えたのです。

これは、日本だけではなくて人類に共通した考え方で、たとえばpersonということばのもとの意味は「音によって」とか「音を通して」です。つまり、人格とはその人がどのような音をたてているかによって決まる。人格は響きなのです。その人から何か響いてくるものがあれば、その人は素晴らしいパーソナリティを持っているということになるし、そのパーソナリティを受け止めるのも耳なのです。

さて、わたしたちが現在使っている日本語では、「きく」ということばに聞・聴・効・利などの漢字をあてて、それぞれ異なる意味があるかのように使い分けています。しかし、やまとことばを用いた古代の人々は、「きく」というひとつのことばにすべてをこめていました。たとえば、「腕利きの刑事」の「きく」は俊敏で犯人を捕えるすぐれた能力があることですが、「薬が効く」の「きく」は病を治す力のあることでしょう。

つまりやまとことばでは、「きく」ということばに〃ものの本質をとらえる能力がある〃というその働きを、抽象化して表していたのです。

どんな漢字をあてても、やまとことばとして同じものは、そもそものことばが持っている働きは同じです。古代の人びとはそのことを知っていたのですが、漢字が入ってきたことで、ものによって聞・効・利などと表現を区別するようになりました。

どうもわれわれ現代人における知識の体系は区別・分類することと考えがちですが、全体を統合してこそものの姿が活きてくる。そういう総合することこそ、これからもっとも必要になると思います。

その意味では、古代の人びとの方が、細分化されていない体験を重んじ、見たり聞いたりしたものを総合的な情報として判断を下していたと思います。その中から生まれた抽象的だが深みのあるやまとことばを理解することは、わたしたちが幸せに生きる一助となるのかもしれない。

幸せは昔、「さきわい」といいました。体の中に花が咲くということです。頭だけでなく、全身を使った感性でわくわくするような自分の花を咲かせる――これからは、こうした感性が大事でしょう。

つくる

大伴家持の芸術

日本で初めての芸術家か

亡くなった司馬遼太郎さんにわたしが著書を差し上げた時に、お葉書をいただきました。『大伴家持《おおとものやかもち》』という六冊の著書の中の一冊をお送りしたのですが、その時司馬遼太郎さんが、「わたしは大伴家持という人は、日本で初めての芸術家だったと思う」と書いてくださいました。

本当に司馬さんのいうように、大伴家持は日本で最初の芸術家だったのだろうかと、それ以後考え続けてきました。

万葉の歌人として、たとえば、柿本人麻呂《かきのもとのひとまろ》とか山上憶良《やまのうえのおくら》とか山部赤人《やまべのあかひと》とか、その人たちを思い浮かべてみて、はたして人麻呂という人は芸術家だといえるのかどうかと自分に問いかけてみます。直感的な、きわめて漠然としたいい方を許していただけるなら、どうも赤人を芸術家だと、あるいは人麻呂を芸術家だというのは、やはりそぐわない気がします。

司馬さんは、はたしてどういう人を芸術家だと思って、大伴家持にその要素を認めたのか、それを知る必要があります。そこで司馬さんの著述からそれらしいものを探そうとしました。司馬さんの『街道をゆく』のシリーズのなかのひとつとして『アイルランド紀行』がありますます。これは二冊になって出ていますが、その中に次のような話が書いてあります。ロンドンで人から聞いた話だということです。

ロンドンに住んでいる人がいた。ところがある時、自分の家の車が泥棒に取られてしまった。これは困ったと思っていたところ、何日かたったら車がちゃんと家の前に返されていたというのです。泥棒が返してくれたのです。

ほっとしたところ、車の中に御礼の手紙まで添えてあって、「車をよんどころない用事で貸していただいた。役に立ったからどうもありがとう。用事が終わったから返す」と書いてあるのです。「ついてはその車を使わせていただいたお礼としてはささやかだけれども、音楽会のチケットを家族分用意したから、どうかこれを使ってくれ」と書いてあったというのです。

盗まれた人は感激しました。返ってきただけではなくて、ちゃんと御礼のチケットまで入っているのです。

大喜びをして、全員でチケットを持って音楽会に行ったのです。

そして帰ってきました。帰ってきたら、みごとに家中の物が盗まれてしまっていたという、そういう話を聞いたと司馬さんがいうのです。

この話に対して、大変感心した、とにかく手のこんだストーリーで、じつに演劇的であるというのです。演劇的といえるほどのドラマがある。手紙を書くなんていうのは、なかなか文学的ではないか。

文学的である上に、人の心理の裏をかくというのは、なかなかスパイのような面もある。

空き巣話などというのも、なかなかいいものではないかと司馬さんはいいます。そしてさらに、最後には笑いを誘う点もちゃんとあって、その笑いによって一種のカタルシス、自己浄化もあると。

そしてこのような犯人は、これは芸術家の中に入れたらいいのではないか、というのです。司馬さんの考えている芸術家というのは、何と泥棒のことでした。

芸術の条件

もしかして、この話にはどこかに創作があるかもしれませんね。司馬さんがここで考えた芸術には、ふたつの要素があると思います。

つまり、この泥棒は実際いたかどうかわからないのですが、ひとつ、この話を司馬さんに話した人は、ものを作り上げる――ドラマを作り上げるとか、空き巣話を作るとか、人の心理を操るとか、笑いを用意して自己浄化をするとかしています。

その結果、もうひとつ、ある世界ができあがっています。宇宙といいましょうか、世界といいましょうか、ひとつの世界ができあがっている。

司馬さんの考えていらっしゃるものは、ものをクリエイトする創造性と、できあがったひとつの宇宙といったようなものと、そういうふたつのものが芸術の要素として要求されてくるということでしょう。

たとえばここに生け花があります。それはただたんにそこに置いてあるわけではないのです。作るという行為によって花ができあがります。生け花のオブジェができあがる。これはひとつのオブジェとしての世界を持っています。これを「芸術」と呼ぶとしたら、いかがですか、わたしは芸術だと思います。

これに対し、水差しはただたんに置いてあるのです。これをここに置く行為自体を芸術だと思う人はだれもいない。

そういうことを家持がしたとすれば、家持は芸術家だった、といえます。彼は作るという行為をした。その後に完結した世界ができあがった。このふたつの要素を司馬さんは家持に考えていたのでしょうか。

『万葉集』の中でもたとえば柿本人麻呂は

大君は神にし座《ま》せば天雲《あまぐも》の雷《いかづち》の上に廬《いほ》らせるかも　（巻三―二三五）

という歌を歌っています。これは天皇が雷山の上に立ったという事実があった。その機会に天皇を賛美する歌を作る役割が与えられる。それを歌ったということです。

このように宮廷歌人は、すでに決められた条件があり、そこで歌います。勝手にオブジェを、自分の創造性の中で作り上げるのではない。自分でクリエイティヴに、作り上げることを、万葉歌人の中でももっともしたのが家持ではないのかと思います。

家持は親友の池主《いけぬし》に当てた手紙に、「わたしは若い時に遊芸の庭に渡らなかった」と、遊芸と呼ばれる世界にはかかわりを持たなかったといっています。この「遊芸」ということばは『論語』のことばです。

その場合の「芸」とは、六芸《りくげい》といい、高級官僚としての教養を意味します。矢を射るとか、音楽を奏するとか、書を書くとか、六つの教養があります。そういうものにやはり家持も憧れていたことがわかります。

さてその論語の中に、大変有名なことばですが、「子いわく述べて作らず」ということばがあります。「わたしは述べるだけだ、作らない」といっているのです。

しかし一方、論語の他のところでは、孔子は多くのものを聞いて良きものを選び取る。それは素晴らしいことだといっています。

孔子が「述べて作らず」といった時の「述べて」とは、ただわざとらしく、いろいろなものを知識として持っていて作るというのではないのですが、すべてのものをたくさん聞いてそれを知る。それが全部の人格になり、その人格の中から自然と出てくる。それが「述べる」意味だと考えているようです。

アジアの芸術は、とかく無作為です。しかし、その点でヨーロッパの詩の学問と対立すると考えるのには、わたしは反対です。そうではなくて、全人格的なものが浸みこんでしまって、そして出てくる。それが表現というものであると、孔子は考えていたようです。

家持も「遊芸の庭に渡る」ことで、芸というものを積極的に自分の教養としようとしたと思います。そういう世界で家持が歌を作っていれば、これは現代でいう芸術家というい方に該当するだろうと思います。

家持は万葉集の中にいくつかの歌を残していますが、その中で目立つものは、「興に依りて作る」というものです。この依興歌が、家持の場合大変大事になってきます。

が、人麻呂や赤人は目的があり、最初から制約をされた条件があって、そこで作っているのです。反対に家持が興によって作ったということは、クリエイティヴな気持ち、感興の趣、そういうものを大事にして作ったということです。

アルティスト家持

「アルチザン」と「アルティスト」という区別がヨーロッパにあります。アルチザンは職人で、アルティストは芸術家です。英語のアーティストです。家持というのはアルティストであって、人麻呂はアルチザンだというい方もできるかもしれません。

人麻呂と家持を対比して考えた時に、人麻呂は宮廷歌人としてプロフェッショナルであった。アルチザンの要素も強かった。機会を与えられて作ることが多かった。その反対に、家持は興によって作った。機会がなくても作った。そう区分けすることもできます。

わたしは先ほど、クリエイティヴな性格のほかに、「宇宙」とか「世界」というものを作り上げているといいました。

大詩人が、迫力をもって訴えてきます。その時この迫力は何だろうと、これは万葉だけではありませんが、よく考えます。

読者がひとつの宇宙に遊ぶことができる、そういう詩がすぐれた詩だと思います。

これは機会詩であろうとなかろうと、すぐれた詩だったらそういえるのかもしれません。たしかに、人麻呂なら人麻呂のきっかけはチャンスにあったかもしれませんが、それを生かして、ひとつの大きな宇宙というものを作り上げた。

あしひきの山川《やまがは》の瀬の響《な》るなへに弓月《ゆつき》が嶽《たけ》に雲立ち渡る　（巻七―一〇八八）

というと、向こうの方に雲がもくもくとわき起こってくる。目の前にはその山川の瀬が高らかに音をたて始めたという、驟雨《しゆうう》至らんとする前の緊張感が、この人麻呂の歌で、よくいわれます。そういう時には、目の前に作品の大きな宇宙があり、その中にわたしどもがすっと入りこんでいくことができる。

しかし人麻呂は「つくる」より「述べる」歌人でしょう。少なくとも作為をほとんど感じさせないところにこそ真価があるように思えます。これはやはり人麻呂は大歌人だからだと思います。

山部赤人は非常に芸術的といえる世界を作りました。


若の浦に潮満ち来れば潟《かた》を無み葦辺をさして鶴《たづ》鳴き渡る　（巻六―九一九）

正倉院にある、屏風の絵などをもとにして作った歌ではないかとさえいわれるぐらいに、非常に絵画的です。

しかし、何か閉じられていないでしょうか。完結していればしているだけに、広がらない。閉じられてしまった世界というものが赤人の世界に感じられる。

山上憶良というわたしの大好きな歌人がいます。非常に奥行きが深い歌をつくります。たとえば、老人について、腰に手を当てて、杖をついて右に行くと人から憎まれる。仕方がないから左に行くと人から嫌がられる。「老《お》よし男《を》は　かくのみならし」（巻五―八〇四長）、憶良は、年寄りというのはそういうものだといいます。

宇宙は広い広い世界で、果てが見えません。不可視の世界を見せてくれるのが詩というものの大きな特権だと思うのですが、この作品は全部見せてしまう。さっきの赤人もそうですが、憶良にしてもそういう気がします。

心の内面を切り刻んで、これでもか、これでもかといってくれるのだけれども、「さて、ではどういう世界ができあがっているの」というと、どうもそういうものが感じられない。どうも報告型の作家だと思うのです。

家持という「文化」

それに対して家持は違う。

どこが違うのだろうと、ずいぶんわたしは悩んでまいりました。司馬さんから芸術家かと問いかけられてからは、とくにそのことをずっと考えてきました。

すると、ひとつの疑問が浮かんできました。

こういうことです。

家持が歌として読者に提供したものが、人間の内面のエトスだったのだろうか。

また人間の心の中のものの考え方、観念。死とは何か。生とは何か。人間とは何か。そういうものなのだろうか。

あるいは、ものの価値体系。何が良いとか悪いとか、そういう価値体系を歌ったのが家持だったのだろうか。

いま、エトスと観念と価値体系と三ついいました。これらはみんな心の中にあるものです。その反対は外側にあるものです。社会の組織とか制度とか、政治の仕組みと呼ばれるようなものと、家持は深くかかわっていただろうか、一方で人麻呂は、社会の制度とか組織とかと深くかかわった歌を詠んでいるだろうか、どうだろうか。天皇は神だといったときにそれは制度だろうか、組織だろうか、装置だろうか。

比較すると、社会の制度とか組織とか装置とかに近いのが家持なのだろうか、人麻呂なのだろうか。反対にエトス、観念、あるいは価値体系というものに近いのが人麻呂なのだろうか、家持なのだろうか。

そういう疑問が誕生しました。

じつはいま、三つずつ申しました。その一グループ、エトスと観念形態と価値体系とは、ある学者が「文化」を定義している内容です。人間生活の内核としてのエトス、観念形態、そして価値体系、これを文化と呼ぶのだというのです。

もう一グループの組織とか制度とか装置とかは人間の外側の殻《かく》、外殻、つまり「文明」だといいます。

基本的には、文明ということばは、シビライゼーション（civilization）の訳です。「都市化」という意味です。人間生活を都市化するものが、文明です。

一方、文化とは、カルチャー（culture）の訳語です。カルチャーというのはカルチベーツ、耕すという意味ですから、人間の心を耕す。その耕されたカルチャーですから、教養と訳したりします。個々人の教養が外側に出てくると、集団の文化になります。あくまでもカルチャーというのは、内面的なものです。それに対して、シビライゼーションというのは外殻のものです。

すると、家持は古代社会の組織とか制度とか装置とかがもつ価値体系から離れられない。そういう作家ではないか。その反対に心の中の観念や価値体系というと憶良、エトスというと人麻呂が出てくる。

世の中の装置といったようなものが家持の題材になる。そしてまた、作り上げたものが生活の装置として受け取られる。そういう装置としてクリエイトされた、作り上げられた、ひとつの完結した世界が存在する。そういうものを、家持は作ったのではないかという気がします。

たとえば、家持は越中へ来て、

春の苑紅《そのくれなゐ》にほふ桃の花下照《したで》る道に出で立つ少女《をとめ》　（巻一九―四一三九）

と詠みます。

わたしはもうずいぶん昔から、「これはもう幻想だ、幻想だ」ということをいい続けてきましたが、なかなか信じていただけません。なかには「出で立つ少女」は奥さんの坂上大嬢《さかのうえのおおおとめ》のことだろう、だからその歌の少し前に大嬢が都から下ってきたのだ。いままで別居だったのが同居したので、そのことを歌っているのだろうという説まであります。事実に関連してしか歌を理解できないとしたら、さっきの装置とははなはだしく離れたことになってきます。

ここに描かれているのは当然、幻想です。この幻想の構図は例の「樹下美人図」にあります。目の前には夕方のトワイライトの光に包まれた庭園があるばかりです。そこに少女を現出させて、さらにその上に輝く灼々《しやくしやく》とした桃の花を咲かせたのです。

ペルシャにもある。ウイグル地区にもある。正倉院にもある、そういった図柄を詠んだ。美としてデザイン化された構図をたそがれの庭の中に描いてしまう。そういう作家です。ただたんにそこにあるものを詠んだ素朴リアリストではないのです。

すでに家持は世界の文明として共通とされて認知されているような構図を詠まざるをえない、詠んでしまう。そういう作家ではないか。鷹狩りの歌も詠んでいます。鷹狩りはエジプトオリジンの猟法で、大陸を横断して、東アジアに伝わってきます。そういうものも詠む。中国渡来の鵜《う》飼いも歌います。人間の知恵が社会の習慣になったものを詠むのです。

これはただたんに悲しいから歌を詠むといった、エトスのかぎりを歌う人であることをすでに時代がゆるしませんでした。社会的な習慣、習俗、その約束事が歌のまわりにたくさんあります。

恋愛についても、家持には恋愛小説としての歌もあります。けして自分がこういう恋愛をしたというのではなくて、むしろ恋愛というものを客観化して、恋愛というのはこういうものだという憧れを詠みます。憧れとは生活のデザイン、生活の装置です。

百年《ももとせ》に老舌《おいじた》出でてよよむともわれはいとはじ恋は益《ま》すとも　（巻四―七六四）

ということもいいます。あなたが百歳のお婆さんになって、舌がもつれてしまっていても、愛していますなどと。

恋愛そのものを戯画化して、詠むこともします。

そうした点で家持は非常に他の歌人と異質です。エトスを詠む人麻呂とはまったく違っています。赤人のように閉じられた世界を歌っているのでもない。

生活上の装置といっていいような習慣とか習俗、あるいは約束事としての芸術、構図といったものを興によって、気持ちのおもむくままに詠む。クリエイトします。

クリエイトされできあがった世界は、ただたんなる悲しいとかうれしいとか、あの人が恋しいとかという和歌の基本の世界をはるかに超越して、大きな芸術的な世界を獲得しています。そういう意味での、大きさや創造性を家持の歌から感じます。

そう考えると、司馬さんが「家持は日本で初めての芸術家だった」ということも、うなずけます。

やはり天平時代という文化の爛熟の時代を迎えないとこれは無理でしょう。社会的な装置もだんだんできあがってくる。それ以前の古代国家の建設期では、とても無理です。

同じ天平の時代の歌人としても、宮廷歌人という与えられた場で歌を詠んだ赤人とか、人間の孤独な内面だけを詠もうとした山上憶良とかともはるかに違った、もっといわゆる近代的な意味での文明を目の前にして、その文明に参加する歌を詠んだ。それが家持という作家でした。

そのことを鋭く見抜いていたのが、亡き司馬遼太郎だったのではないかと、しきりに思うのです。

うそ

文学のいのち

ふたつの月

わたしが先頃まで住んでいた山ぞいの家を建てた時、二階の南西に一面ガラス張りの部屋を造りました。

するとある時、部屋から東の方を見ると月が昇ってきます。ああ月が出たなと思ってひょっと振り返ると、西の方の窓にも月が出ています。稜線に落ちかからんばかりの月です。びっくりして東を見ると、月がある。驚いて西を見るとまた月がある。

当然、本当の月は東の月でして、それが西側のガラスに映っているだけの話です。西側の月は嘘《うそ》。これが本当の嘘つきかもしれません。

しかしこのようにわたしの家には月がふたつ出るものですから、わたしは大変うれしくて、その家に号をつけました。「ふたつの月の家」という、「雙月居《そうげつきょ》」という屋号をつけて喜んでいました。

ところで、同じようにおもしろいことをいろいろなところで経験します。

葛飾北斎「富嶽三十六景甲州三坂水面」

たとえば葛飾北斎の浮世絵「富嶽三十六景」の中に「甲州三坂水面《みさかすいめん》」という作品があります。甲州の三坂から見た富士山を描いたのですが、夏富士です。そして富士山の前に湖があり、湖に富士山が映っています。ところが、本当の山が夏山であるにもかかわらず、水面の富士は雪を冠している。いってみれば嘘の富士山がそこに描かれているのです。

また、猿が水面に映った月をとらえようとする「猿猴《えんこう》月を捉《とら》ふ」という題名の絵があります。いくら猿が取ろうとしたって取れません。水面に映っている月はもちろん、わたしの家の西側の月と同じで、嘘の月です。

同じように「この月をとってくれろと泣く子かな」(一茶)という句もあります。

これらのものはみな、本当の月ではない、取れない月を本物のように扱っています。

こういう話や絵を、わたしは、非常におもしろいと思います。いや多くの人がそうではないでしょうか。おもしろいことは、人間、おもしろいですから。

一言つけ加えますと、「うそ」とは、遊《あそ》ぶの「あそ」と同語で、ぼんやりしていることです。遊ぶのはおもしろいではありませんか。

そのおもしろさとは、それらがみなたんに事実だけではない点にあります。家の西側の窓に映っている月は本当の月ではありません。水面に映っている月も富士山も、嘘の月であり嘘の富士山です。簡単にいってしまうと「嘘」ですが、これからそれを適切に「虚《きょ》」といいましょう。

虚に出会う、また虚が語られる、虚が描かれる。そういうことを、人間は大変おもしろく思います。もし、夏富士が水面にそのまま映っているとしたら何の感動もわれわれは持ちません。

そういう「虚」が偽《いつわ》らざる心の映像ではないかと思うのです。

文学もまた同じでしょう。事実のままをいくらいわれてみてもおもしろいとは思わない。嘘のことをいわれると大変おもしろく思う。それが人間にとってごく自然な感覚ではないでしょうか。

いま、文献として残っているもの、とくに古典として長い時間残り続けているものは、嘘があるからおもしろくて、みんながもてはやし、今日まで伝わっているのでしょう。

文学は基本的に、事実の報告ではありません。文学は、想像という虚を語るところに本質があります。文学は嘘という毒気をたっぷりと含めば含むほど、われわれがおもしろいと感じるのだと思います。

――ここでちょっとわたしは困るのですが、誤解のないように、わたしがいま述べていることは嘘ではありません。しかし、多少嘘があるとおもしろいはずです。

聖徳太子の虚と実

そうした、「虚」が重要であることを考えると、そのひとつとして伝説という形で、虚を大事に取り扱ってきたという事実があります。

たとえば聖徳太子にまつわる伝説です。太子が道端で飢えた人を見て、衣をかけたら、跡形もなくなって着物だけが残っていたとか、いっぺんに十人の訴えを聞いたとか。どんな耳をしていたのだろうと思いますが、そんな伝説がたくさんあります。

しかしすべてが事実そのものではないでしょう。午年《うま》に生まれたというのも、そんなにうまい具合にいくかなと思います。七、七、四十九歳で亡くなったという。これもまた、できすぎている感じがある。

また天武天皇もやはり大変に虚の多い方だと思います。亡くなった後、伊勢の国にいるという夢のお告げの歌が『万葉集』にあります。東海の仙界におもむくのは神仙思想の願望ですので、この人は神仙世界の、広くいえば、道教的な神仙思想の衣をたっぷりと着た人です。ですから東の方にしずまって、「瀛真人天皇《おきのまひとのすめらみこと》」と「瀛」という神仙の世界の名前がついています。真人とは道教で最高の人格のことです。真人を最高として八色《やくさ》の姓《かばね》も制定されます。天武天皇の時代に「天皇」という称号が木簡《もっかん》に出てきますが、その天皇というのは神仙思想の最高神の名前です。天皇の呼称のはじまりもまた天武朝の持っていた道教的な傾向を示すものだろうと思われます。天武天皇が九月九日に亡くなったといわれるのも、重陽《ちょうよう》の節句になくなったということですから、わたしは本当だろうかと思ったりもします。

亡くなることについてさらにいえば、天武朝にまず最初の執筆があったと想定されている歴史書、『古事記』や『日本書紀』の中の記述では、天皇が大変長寿を保っています。百六十八歳とか、百五十三歳まで生きたと書いてあります。その数字は、その年の収穫高を表したのだろうという説もありました。あるいは、辛酉《しんゆう》革命の年を考えるとどうも間の計算が合わないので、長寿にしたのだという意見もありました。

しかし子細に検討すると、特定の天皇だけが大変な長寿なのです。ではそれが聖天子かというと、仁徳天皇などはあんなに聖天子でありながら、それほど長生きをしていません。そうではなくて、まさに神仙的な天皇、道教的な天皇、非儒教的な天皇だけが大変な長寿に書かれている。つまり古代のすぐれた天子たちが神仙の人になったという考え方から、そうした計算が出てくるのだろうと思います。

天武朝に行われたさまざまな事柄、天武天皇自身の神格化の中にも、道教的な粉飾がたくさん窺《うかが》われます。聖徳太子も伝説という幾重もの衣を着ているといいましたが、その第一の衣を着た時期は天武朝です。道教的な衣をたくさん着て、聖徳太子伝説ができあがっていきます。

そうしたことを含めて、やはり天武天皇にも、虚像が多くできているのです。それによって、天武天皇が大変に優れた天皇だったというふうに、人格の幅が、どんどん広がっていくのです。

しかも、たんなる一人の人間としての生涯を過ごしたということだと、非常に小さな人生しかそこには語られなくなります。ところが、お釈迦さまが生まれながらにして七歩歩いたとか、生まれてすぐに「天上天下唯我独尊」といったとか、いろいろと語り伝えることによって、その人の生涯が非常に大きな物語となっていきます。おそらくこういったものはみな、簡単にいってしまえば「嘘」だということになるのだろうと思います。

お釈迦さまといえば、聖徳太子は、悉達多《シツダルタ》、お釈迦さまに匹敵するような太子でした。わたしはそれを素王《そおう》ということばで呼んでいますが、王の資格を持ちながら王にならなかった、それこそが最大の聖者だというのを素王ということばで表現します。これも素王としての伝説化を聖徳太子に与えているのです（『古代文学の生成』おうふう、二〇〇七）。

『日本書紀』の虚像

いま、わたしは、虚像の誕生ということがいかに必然性を持っていたかを述べましたが、もうひとつ付け加えていえば、『万葉集』の中に仏前唱歌というのがあります。仏さまの前で歌った歌です。巻八の一五九四番に左注がついていまして、この歌は皇后宮の維摩講《ゆいまこう》で歌われた歌であるとあります。維摩講とは、維摩経を講義する講です。維摩講は本来は興福寺で行われるものですが、この年には特別に、光明皇后の宮でおこなわれました。

興福寺で維摩講がおこなわれたのは天平五年以降、十月十日から十月の十六日までです。わたしは維摩講をなぜ十月の十日から十六日の間におこなうのか長く疑問でした。『興福寺伽藍縁起』によれば、藤原鎌足《ふじわらのかまたり》――興福寺は藤原の氏寺です――が斉明二年（六五六年）に病臥《びょうが》し、維摩経の法の力によって病気を治すことができた。それに感謝して、子孫たちが維摩講を天平五年以降におこなうようになったとあります。

しかし、鎌足が維摩経の力によって病気を克服できたというのなら、なにも十月の十日から十六日にやらなくてもいいのではないかと思うのです。

じつは十月の十六日というのは鎌足の亡くなった日、命日です。命日を期して維摩講をするのが興福寺のやり方です。するとこれは維摩さまの維摩講をするというよりは、命日を記念して講ずるということで、むしろ命日にかかわった行事だと考えなければなりません。つまりは、維摩経を唱えて鎌足の忌日を記念することが、鎌足という、藤原の祖先の傑出した人間に対してどのような供養となるかを考えなければいけなくなります。そこで思ったのは、鎌足をすなわち維摩だと考えて、維摩講を命日を期して氏寺で子孫たちがおこなうのではないか、ということです。

鎌足は病気になり、天智天皇が見舞いに来ます。『家伝』によると、「巨川いまだ済《わた》らず」、大きな川を渡ってないではないか、つまりどうしてわたし一人を置いて死ぬのだと天皇がいったという話があります。

維摩も、病気になった時にお釈迦さまが文殊菩薩《もんじゅぼさつ》を遣《つか》わし、病気を見舞わせたのが大変有名です。維摩といえばその見舞いの話、というように古代では維摩が扱われています。万葉集でも巻五の中で、たぶん憶良だと思いますが、「維摩居士も方丈で病んだ」ということを挙げています。つまり維摩というと病気なのです。文殊がお見舞いをして、この二人の賢者がどんな問答をするのだろうといって、鳥も獣たちもいっせいに集まったという話が伝えられています。

法隆寺の五重塔の初層、第一層には、四面に塑像によって、後でいう曼陀羅《まんだら》のようなもの、一種のテキストが描かれています。涅槃《ねはん》についてや、舎利を分けることについて書かれていますが、そこにも維摩が病気になり文殊が訪れ、皆が聞こうとしている塑像の一面がありま す。

そうした当時の状況の中で考えると、『日本書紀』などに書かれている、天智天皇が鎌足を見舞ったという記述も、後からできた伝説、虚像の可能性が大変大きいと思います。天智はいわば文殊であり、鎌足は維摩だということです。鎌足が聡明だったということは、「家伝」の中にも、「聡明にして叡哲《えいてつ》、玄鑑深遠《げんかんしんえん》なり」とあり、幼年にして学を好み、博《ひろ》く書伝に渉《わた》ったと書いてあり、智者の代表のように鎌足を見ることが一貫しています。在俗の智者を代表する維摩、それが鎌足だということなのでしょう。光明皇后ゆかりの法華寺には維摩像が現存しています。

中国でも詩人の王維が字《あざな》を「摩詰《まきつ》」といいますが、これも維摩にあやかって、維摩詰と名づけたのです。

このように、古代の文献には「虚」がたくさんあふれています。

さてそれでは、虚はどうしておもしろいのか。そもそも「事実」――「虚と実」の「実」ですが――というものは常に後に書かれたものです。このことは近代でも二葉亭四迷が、「いくら写実写実といっても、その時にはできない。終ってから書くのだ」といっています。いま、わたしが述べている事柄も、のちの時代である現在から語られた過去のことです。人間は未来を語ることはできない。

つまりわれわれに提供されているのは常に過去の事柄だということです。万葉集もしかり、古事記もしかり、日本書紀もしかり、霊異記もしかり、みな現在のことのように記されていますが、執筆者が過去のことを書いているにすぎないのです。そのことをわたしは、「事実は倒叙される」ということばで呼んでいます。事実とは何かといったら、倒叙されたものだということです。つまりのちの時代から考えた「事実」が時間のクロニクルな流れの中に入れられて書かれているのです。当然粉飾もあるでしょう。思いこみもあるでしょう。何もない「事実」など、ありえません。むしろ叙述されることで「事実」ができあがるのです。

聖徳太子の例にしても、天武朝という後の時代から遡《さかのぼ》って七世紀のはじめのことを語ったことになります。この人はお釈迦さまにも匹敵するような人だったのだとか、一度に十人の訴えを聞いたそうだとか、そういう話は全部、のちの時代に倒叙されたものです。つまり、事実は、虚をはらまざるをえないのです。

たとえばわたしの話を聞いた人が、友人に、中西がこういうことを話したといったとすれば、それはすでに今日から先のことを、今日を過去とした段階で話をしているわけです。そこには必ずや虚があると思います。

そのように、過去の事実とは倒叙されたものだという、わかりきった、基本的な事柄が忘れられている。まるで神さまだけしか書けないようなことを、事実だと考えてしまう。そうしたことが研究の基本に誤解としてあるのではないかと思います。倒叙されることにおいて、すべての物事が衣を着てしまっているのです。

けれどもそれはまたおもしろいことです。なぜかというと、事実そのままではとくになにもおもしろくない。たとえば水差しを見て、腹を抱えて笑う方がいるでしょうか。いないでしょう。しかし「ごらんなさい。透明なタコが座っています」などと言ってみると、嘘だと思われますが、これはひとつのおもしろみとして提供された事柄であります。

万葉集の虚と実

さて、いままでが第一の話で、虚がおもしろい、という話をしました。二番目に、これから述べるのはその嘘のつき具合、どのように虚がまつわりついているかという話を実例として述べたいと思います。

三つばかりここで述べます。

十市皇女《とおちのひめみこ》という人が六七八年に亡くなります。それに対して天武天皇の長子、高市皇子《たけちのみこ》（六五四〜六九六）が挽歌を三首歌います。

まず、

神山《かむやま》の山辺真麻木綿《やまへまそゆふ》短木綿《みじかゆふ》かくのみ故《から》に長くと思ひき　（巻二―一五七）

など二首あります。ところがその最後の第三首めに、

山振《やまぶき》の立ち儀《よそ》ひたる山清水《やましみづ》酌《く》みに行かめど道の知らなく　（巻二―一五八）

という歌がついています。全体三首です。そのまま読みますと、十市皇女が亡くなった時に高市皇子がその三首の歌を作ったのだと見えます。

ところで、「山吹の花」は万葉集の中に十七首出てきます。この十七首の中で時代、背景

がわからないものが三首ありますから、それを除きますと十四首ですが、その十四首の中で十市皇女の哀悼の歌以外はすべて天平時代の歌です。とすれば、山吹の花を歌の題材として詠むようになったのは天平期（七二九—）以降だと考えるのが順当ではないでしょうか。

はたせるかな、山吹の花を生命の花としてもっとも信奉したのが橘諸兄《たちばなのもろえ》でした。橘諸兄は井手の自分の家の山荘——後の新古今時代などには「井手の玉水」という歌枕になる井手というところに別荘を構えて、池を掘りその堤に山吹をいっぱい植えたという伝説があります。山吹には、ペルシャから伝えられた西方の生命の花の伝説があります。この花が日本で享受されるのは諸兄の時代からであろうと思われます。これを十市皇女の亡くなった時まで遡《さかのぼ》らせることには大変な無理があります。

ですから、本当はもともと二首の歌があった。そこに、後の天平期になってからもう一首が加わった。三首はさりげなく並んでいるのですが、じつは倒叙の現在点が天平期であった、その天平期の伝誦のままに三首めをふくめて書いたものが、この三首だったと思います。

つまり、天武年間に十市皇女が亡くなった当時の歌として理解することは正しくない。正しくもないし、おもしろくもありません。

これが天平期になってそうした伝説が付け加えられたのだと考えたらどうでしょう。死んだ彼女を訪ねて生命の泉の国へ行く。これはギルガメシュ伝説などにも登場する伝説ですが、そこへ行きたいと思うがその道を知らない、という歌がくっついているということです。十市皇女という、悲劇のヒロインが亡くなった時に、この人の命を取り戻したいと思った恋人は生命の泉の国まで行きたいと思ったのだという想像が、後のちの時代に付け加わったと考えると、十市皇女は天平時代まで命を伝えつづけていたことになります。

そのように、万葉の歌も後のちの衣を着ている。これは巻二ですから、いわゆる「原万葉」と呼ばれているものですが、原万葉と呼ばれる「巻一」や「巻二」にしても、たとえば平城京の遷都の歌が〝或る本〟として出てきます。藤原京から奈良京に移った時の歌というのが〝或る本〟としても付け加えられていますが、そこでは「天皇」という文字を使っています。「天皇」という文字は、七二四年、神亀元年、つまり聖武天皇の時代にならないと歌の中では使わない文字遣いです。ですから巻一の中にも神亀・天平期の史料が入っているということです。これが〝或る本〟です。「巻一」や「巻二」の〝或る本〟とか〝或るはいはく〟とかいうのはそのような考え方をしなければ整合性がない。むしろ家持時代の筆さえその中にあると考えないといけない。そういう例です。

もうひとつ例を挙げると、先ほどは山吹でしたが、今度は柳のことです。柳は三十六首に登場しますが、人麻呂の歌集の中には、柳を詠んだ歌が、「絹」と呼ばれる作者を含めて三首出てきます。ところが柳は、先ほどと同じように年代推定が不明なもの、巻十三の一首、巻十四の五首の六首を除きますと、あとのものはすべて天平二年以降の歌に登場します。川柳、春柳、同様です。人麻呂の歌集の中の柳の歌の中には葛城山の歌、

春柳《はるやなぎ》 葛城山《かづらきやま》にたつ雲の立ちても坐《ゐ》ても妹《いも》をしそ思ふ　（巻一一―二四五三）

があります。

すでに早く阿蘇瑞枝さんが略体歌、非略体歌というとらえ方を提示しました。それ以後、学界はこの意見を基軸として進んできました。その中の典型的な略体歌です。そこに柳が登場します。

他の歌は柳はすべてが天平時代以降のものにあるのですから、いや、これだけは違うんだというにはそれだけの理由がなければなりません。そんな無理をするのはやはりわたしはきらいです。学問にとっての大敵は、無理、不自然です。真理というのは常に自然です。自然に出てきた結論は、出してみるといろいろなものがそこに吸い付いて来、そうでないものはどこかぎくしゃくしているもので、これは誤りです。

真理はごくごく身近なところに隠れている。遠い彼方にあるのではなくて、ごくごく身近なところに気がつかないで転がっています。

そうしますと、「春柳葛城山にたつ雲の立ちても坐ても妹をしそ思ふ」というのは、これは家持周辺の歌だと、そう考えてしまった方がよほど楽です。無理をしなくてすむのです。「そんなことといったって人麻呂の歌集にあるんだよ」といわれたら、後世に編まれた『三十六人集』をご覧なさい。三十六人集の中には「人丸集」も「家持集」も「赤人集」もあるけど、それは本当の人麻呂や家持や赤人の歌かといえば、だれもが「いや、それは違います」といいます。「あしひきの山鳥の尾のしだり尾の長々し夜を独りかも寝む」が『百人一首』にとられたのも三十六人集からで、「かささぎの渡せる橋におく霜の白きを見れば夜ぞふけにける」というのも三十六人集からです。万葉集からではありません。それが人麻呂だ家持だという名前で世の中では流布しているだけです。「赤人集」というのは巻十の一部です。

これはもう本当の赤人が詠んだのかとか、人麻呂が詠んだのか、家持が詠んだのかというものではない。三十六人集はそういう後世のものだと認知しながら、万葉集に入っているものだけがなぜか本当のものだ、その名前のとおりのものだということになっているのです。もっと自然に、逆に後のものがいくつ入っていたってかまわないのです。

いわゆる「略体歌」というようなものは、「てにをは」を省略した歌というふうに捉えられているが、そうではないのです。省略の結果そうなっているのか、最初から書かないのか、わたしの見る範囲では検討されていないように思います。そうではなくて、あれは見た目にも美しい、いかにも漢詩ふうなものだという意見、これはもう五十年ぐらい前の意見ですが、そこへ戻って考えないといけないと思います。

人麻呂の歌集だとされているけれども、それはのちの時代に書かれているのだというその倒叙された事実、たったひとつそのことを考えれば、いまのようなことはいろいろと解けてくるのではないかと思うのです。

事実は倒叙されたものであるということ、そしていまの第二の話については、例外を大事にしたいということです。これは例外だというふうにして無視してしまうと、何も発言権を持ちません。例外こそ大事にするべきでしょう。

以上挙げたものはみな、白鳳期の例です。倒叙がもっとも著しい傾向を持っている万葉集の部分は白鳳のものなのです。それはなぜでしょうか。これは大変わかりやすいことで、そもそも万葉集がどのようにしてできあがったかということにかかわります。

天武朝を後の時代からあこがれて、天武親政をもう一度具現したいと思った天皇が聖武《しょうむ》天皇です。聖武天皇が自分の政治を行う上に規範とすべきものが天武朝でした。

聖武天皇の周囲には藤原氏の勢力がネットを張り巡らしています。そうした状況でなんとか天皇親政をつかみ出そうとするには、天武天皇がしたような、たとえば舎人《とねり》だけを重用するとか、大臣はいっさい任命しないとかいうような、天皇親政のあり方が必要です。

そして天武天皇の時代とは、じつは聖徳太子を大変尊崇した時代です。

つまり三段階になっています。聖徳太子の時代が第一の黄金時代、それを黄金時代と認識したのが天武朝、それをまた黄金時代と考えたのが聖武時代。天武朝をまねしようとしたのが聖武天皇の時代だとすると、その天武朝を折り目としてパタンとふたつ折りにするとピタッと重なってくる。それが万葉集です。ふたつ折り万葉集の見方が、いま述べたようなことです。

ふたつ折りにすると、聖武朝の意志に全部、飛鳥白鳳時代が反映します。もしこれが吸い取り紙だったら飛鳥白鳳時代を吸い取るのです。また同時に、こちらの聖武朝の考え方、理想像がまた飛鳥白鳳朝の方に吸い付くといってもいい。その吸い付いた名残りが、すでに述べた人麻呂の歌集などです。

おたがいにくっつき合っているのです。

たとえば山部赤人という歌人が登場します。山部赤人という人は人麻呂のエピゴーネンのようにいわれて大変評判が悪い。吉野の従駕《じゅうが》の歌なども、人麻呂の真似をしてるじゃないかと。これは赤人にとって濡れ衣です。そうではなくて、聖武天皇が、新しい人麻呂を探した、そして見つけたのが赤人。だから赤人に課せられた宿命は人麻呂の真似をすることだったのです。当然人麻呂と同じことを歌わざるをえない。

しかしその条件を外してしまった、巻八にあるような赤人の歌、「明日《あす》よりは春菜《わかな》採まむと標《し》めし野に昨日《きのふ》も今日《けふ》も雪は降りつつ」（巻八—一四二七）とか、「春の野にすみれ摘《つ》みにと来《こ》しわれそ野をなつかしみ一夜《ひとよ》寝にける」（巻八—一四二四）という、これはまったく人麻呂と似ていません。これが本当の赤人の歌です。引き裂かれた赤人像がなぜできあがるのかというと、そういうことです。

このように聖武天皇の時代は白鳳の賛美、白鳳の再現の精神に充ち満ちています。白鳳時代に対する思い入れが強いために、まずなによりも人麻呂の歌、あるいは人麻呂の歌集というものを尊重しようとします。だから巻頭に人麻呂の歌や、人麻呂の歌集を置いて、現在の歌をあとに並べるということが起こってきたのです。人麻呂を継ぐ精神の反映です。

万葉集の編集もそもそもの出発はそのあたりにありました。聖武天皇がもう太上天皇の時代、孝謙天皇の時代ですが、そのころから始まった。わたしはかなり以前に巻十九の最後のところと『栄華物語』の記述を問題にして万葉集の編纂論を書きました。万葉集は現形の二十巻だけではなくもっとほかにもあったと考えていますが、少なくともいまの二十巻も含め、その出発は聖武天皇の勅命で起こったというふうに考えるべきではないかと思います。

そう考えれば、聖武朝における人麻呂の偶像化とか、人麻呂の歌集の尊重とか、そういった事情が全部わかってきます。当時の歌集は日々生成しているのです。だから柳の歌が入っているとか、山吹の歌があるとか、そういうふうな白鳳時代の風物の意味も自然に全部解けてきます。

「おもしろさ」と「人間普遍の姿」

今日の古代文学をいかに読むかというテーマに対して、わたしは次のようにまとめたいと思います。

まず、最初に述べた、おもしろさ、それを追求すべきです。それではそのおもしろさというのはどこにあるのかといったら、事実が倒叙されることで生じるおもしろみです。事実は事実ではない。倒叙された「事実」によって生じるおもしろみというものがある。例外をキーとして、その倒叙のされ方を考えることが必要なのではないかと思うのです。

人麻呂なら人麻呂が生身としてどういうことを考えたか、それがのちにどう受け継がれていったのか、どういうふうな形に変形していったのか。倒叙された事実がすべて集積します。その中には嘘がいっぱい入っています、だからそれなりにおもしろいのです。そうしたものは、人麻呂なら人麻呂という個人を離れて、もっと人間の普遍の問題をわれわれに訴えかけてくるはずです。

聖徳太子がなぜ天皇にならなかったか。なれなかったのではなくて、ならなかったのです。ではなぜならなかったのかという疑問が当然起こってきます。これはお釈迦さまと同じであるというスタンスで理解できます。そうするとそれは、人間やこの世の世界の普遍をわれわれに訴えかけてきます。

中西の家は月がふたつあるのか、おもしろいなあとか、お猿さんがありもしない月を取ろうとしていて、お猿さんってばかだなあという、そういうおもしろさだけに終わらず、もっと人間の普遍が抱くところの何ものかに、研究者は突き当たるはずです。それを提供してもらうことで文学はいまだにわれわれの文化遺産として第一等の地位を持ちうると思います。

III

かおる

香りと匂い

「かおる」と「におう」

はじめに、「におう」と「かおる」ということばについて述べます。

「におう」は「丹秀《にほ》う」と書けます。つまり「に（丹）」とは、あかるい色のこと。「ほ（秀）」は秀《ひい》でるという意味ですから、色がかがやき出ることにもいいました。「大和は国のまほろば」の「まほろば」がそうですし、「いなほ（稲穂）」「ほほ（頬）」の「ほ」も、すぐれたものをさしています。

と同時に、稲穂が膨らむように、顔の中で頬がふくらんでいるように、「ほ（秀）」には出るとか膨《ふく》らんだという意味があるのです。

「丹」はあかるい色と申しましたが、本来は土のことです。「はにわ（埴輪）」の「に」ですから、土の色です。それも、華やかにかがやく色ではなくて、むしろ茫漠《ぼうばく》として広がる、そういう美しい彩りが古代人にとっては大事だったのだと思われます。

「あを丹《に》よし奈良の都」といいます。その「あを丹」の意味を「青と赤」ととらえがちですが、これは本来的な解釈ではありません。「あを土《に》」がよく出る土地が奈良でした。その「あを丹」とは別に「あか丹」、つまり「あか土」が非常に貴重であったので、「丹」といえばあかい色をさすようになりました。

では、なぜ「あを土」よりも「あか土」の方が貴重だったのか。それは、あかい土で顔を彩ることができたから。あかい土で顔を彩るのは魔除《よ》けのためです。葬られた死者を見ると、よくわかります。

あかい土は朱砂《すさ》といって硫化水銀を含むのですが、大和の「丹」の産地は宇陀《うだ》（現在の宇陀市）です。『万葉集』には「宇陀のまはに（真赤土、真埴）」ということばが見られますが、宇陀へ行くと本当に土があかいのです。

東《ひむがし》の野に炎《かぎろひ》の立つ見えてかへり見すれば月傾《かたぶ》きぬ　（巻一―四八）

宇陀といえば、柿本人麻呂のこの歌が有名です。いまは「かぎろひの丘万葉公園」となって整備されていますが、ついこの間まで歌碑の周囲一帯は畑でした。畑の土を見ると真っ赤で、まさに「宇陀のまはに」です。あまりに土がきれいなものですから、わたしはむかし、持っていた手帳に土を擦りつけてみると、それはそれは美しい朱色でした。

その赤から朱色を取り出すのです。朱色は古墳の内部にも塗られています。それほどにあか土が尊重されていたのです。

ところが「におう」は、いまでは鼻で嗅《か》ぐ「匂う」という意味になってしまっています。

「におい」を国語辞典で引くと「①美しい香りのこと　②古代には美しい彩りのこと」と、やはりふたつの意味がかいてあります。色であったものが、どうして匂いになったのか。嗅覚に訴えるものに、日本人は視覚的なことばをあてはめた、それはおかしいと思いませんか。

しかしたとえば、あかい美しい色をじっと見つめてみてください。すると、美しい色は沈滞していません。色がふわーっとかがやき出て、あかい色がこちらに寄ってくるようです。それが、まさに「丹秀う」なのです。

「におうような美しさ」というように、「におい」は見て美しい。しかもそれは漂ってくる。漂うのは嗅覚だけではない、色もまた漂うのです。それが「におい」ということばの語源です。

次は「かおる」についてです。語源的には「かほる」はのちのことばで、古語は「かをる」です。

「かをる」の「をる」は『日本書紀』に「酒折《さかおり》の宮」とあるように、酒を醸造することをいいます。「酒折の宮」は現在の山梨県甲府市にあります。「か」を「をる」、それはお酒を醸造するような状態、そして「か」が醸《かも》し出されることが「かをり」です。つまり「香り」とは、何となく立ちこめている匂いのことです。

「香り」は漂うものです。熟成した古酒のようです。しかも「丹秀う」のあかい色はただ匂ってくるだけですが、熟成する「香秀る」は力が内部へ向かって沈潜していきます。深く深く醸成されながら出てくるのが「香り」だと思います。

「か（香）」は「き（気）」と同じで、日本にもとからあった「やまとことば」ではなくて中国語でしょう。日本語では子音をそのままに母音が変化していきますから、「き（ki）」は「か（ka）」ともなる。

この何となく漂う「気」に、中国人はいちはやく目をつけました。合気道、気功術、また、体の中にも「気」はある、それが「元気」です。元気が出るというのは、本来持っている気が体にあふれる状態、そしてそれが出なくなるのが病気です。

中国人は、この「気」をもとにして、さまざまなことばをつくり出しました。そして「気」とはちょっと違う、けれども同じ仲間ことばで「き」よりももっと良く熟成させた、それが「香り」ということばです。

かおりを「聞く」

ここでもう一度「におい」に戻ります。今度は「いろ」とは何かということから始めましょう。

「いろ」という日本語は本来、英語の「カラー」を意味しません。意外に思われるでしょうが、本来「いろ」は親しみの情をあらわすことばでした。

「いろは」とは生母の意味で、「いろせ」「いろど」「いろね」「いろも」はそれぞれ母親を同じくする兄弟（いろせ）妹弟（いろど）兄姉（いろね）妹（いろも）のことです。血の濃さを

「いろ」が示しているでしょう。そして、これらの親愛や敬愛を表すことば「いろ」が色彩として用いられるようになったのです。

親しみを何も感じない時、どう見えるかといえばまっ白に見える。「白々《しらじら》しい」といいますね。ところが主観が入ると「色目を使う」「色をつけて物を見てはいけない」などともいいます。

「みどり」ということばは若々しいという意味でやがて色を表すようになりました。「あか」はあかるい色だから。「あお（を）」は「あわ」（淡）と同じく漠然としていること。「くろ」は暗いと思うから。つまり、見る側がどういう親しみをこめて見ているかによって、色の名が変わります。「いろ」は親しみの感情であり、それが湧き出てくるのが色です。

親しみの感情といってもさまざまですが、その中で「におう色」というのは非常に親しみを感じている時です。

その「匂」という字ですが、「匂」は日本で作った漢字で、これを国字《こくじ》といいます。中国では「匀」と書いて「ヒビキ」をあらわします。「ヒビキ」は音《おと》ですね。そこで日本では、音が伝わってくるのと同じように伝わってくるのが「におい」だと考え、「匀」と似たこういう国字を作って「におい」と読ませました。

「ヒビキ」は音ですから耳で受けとめ、「聞く」と表します。お香をかぐことを聞香《ぶんこう》というように、においも「聞く」ものと考えたからです。

では「聞く」とは何か。「聞く」はまた「利く」であることからも、「聞く」すなわち「ヒビキ」を受けとめることが、人間のもつ感覚の中でいかに重要かがわかります。たとえば、天皇は「きこしめす」のです。それほどに「聞く」ということは大事です。目がものを認識することの基本であれば、耳は認識のプロセスの完結といえます。

ここでひとつ「松竹梅」の話をします。「松竹梅」の取り合わせには意味があるという話です。

竹は、まっすぐに伸びます。見た目にも清々しく、視覚的に素晴らしい。梅は、馥郁《ふくいく》と香る梅の花、におうばかりの嗅覚です。松は、残るひとつの聴覚です。松籟《しょうらい》といえば、松に吹く風音。松濤《しょうとう》とは、松風の音を波の音にたとえていう語。

このように「松竹梅」は人間のもつ三つの感覚を取り合わせたものです。そして松すなわち聴覚が筆頭に置かれています。

双軸の日本文化

さて、ここまで「におい」と「かおり」を取りあげてきましたが、このふたつはきわめて対立的なものでもあります。

たとえば、「におい」は浮き立つようなもので、どんどんこちらに訴えかけてきます。一方「かおり」は、内へ向かって沈潜し、さらにあとに残るものでもあります。

初対面のときに「匂うような人だ」と感じ、その人が去ったあとに「素晴らしい香りが残った」といいます。先立つものと、あとに残るもの。「におい」と「かおり」にはそうした違いがあります。

また第一印象で「匂うように美しい」というのは、その姿形から出てくるものですが、「素晴らしい香りがある人」といえば、これはたぶんに人格的なもの。そういう対比もあるように思います。

松尾芭蕉は、俳句の理念として、「わび」と「さび」ということをいいました。これは茶の精神から引き継いだものですが、「わぶ（わび）」とは死んでしまいそうな状態だとわたしは理解しています。片や「さぶ（さび）」は、救ってくれるものがない無援感に包まれた状況。包丁が錆《さ》びるような、ピカピカと光るものがなくなった状態でもあります。

そういう「わびさび」といったものは、どうも「かおり」の方にある。ところがその反対に、芭蕉は「かるみ」ということもいいました。「かるみ」にふさわしい、軽々とした快さといったものは、どうも「におい」の方にありそうです。

ですから、華やぐ「かるみ」が「におい」であり、「わびさび」にあたるものが「かおり」であるともいえます。植物にたとえれば、「におい」は花、「かおり」は実です。そして「花も実もある」というように、「におい」と「かおり」は違いのある相似形としてふたつの大きな理念を持っています。それが「におい」と「かおり」という双軸の文化をつくりあげている。これは素晴らしい日本文化です。

「情の文化」とにおい

これまでのことを歴史的な流れの中で考えてみます。

日本の歴史は七百年を周期にして続いている、というのが、わたしの考え方の基本です。まず五世紀から十二世紀、古代から奈良時代、平安時代の終わりまでが第一の国づくりでした。第二の国づくりは、十二世紀から十九世紀、鎌倉幕府をつくり、明治維新によって江戸時代が幕を閉じるまで。そしていま、わたしたちは第三の国づくりに励んでいるのです。

ふり返って、これまでの七百年ごとを見ると、ひとつの周期が前期と後期に分かれます。第一期国づくりの時代であれば、奈良時代までの暗闇のような動乱期が前期。そして平安時代が、完成期を迎える後期となります。

第一期国づくりの前期である万葉時代には、「つつじのようににおう」ということばがあります。続いて「さくら花　栄《さか》えをとめ」（巻一三―三三〇九）といって、「栄え」ということばで「桜」と対応させています。この時代はことばがそれ自体である時代ですが、「におう」ということばの発展はまだ見られません。

ところが第一期国づくりの後期である平安時代になると、情（パトス）の文化が完成期に達します。そこでは「におう」と「かおる」が大きな要素となって、「匂《におう》の宮」と「薫《かおる》大将」という二人の主人公を立てた世界最古の長編小説が生まれます。これが『源氏物語』です。

「におう」と「かおる」が恋敵となってひとりの女性をとり合うという、絵に描いたような図式が物語となって展開されているのですから非常におもしろい。「匂の宮」は匂うほどの色好みの男。それに対して「薫大将」は道を求める心が強い、まめ人とも呼ばれる実直な人間。まめ人に対して好き者、道心に対して好奇心と、対極の人間がみごとに造形されている。「におう」と「かおる」という双軸の文化を描き出したのが『源氏物語』といえます。

物語の中で、「におう女」役を与えられたのは、いちばん多く書かれているのが「紫の上」、次が宇治十帖の女主人公「中《なか》の君」です。

「紫の上」こそが理想の「におう女」だとすれば、思い出していただきたい万葉歌がありま す。

紫草《むらさき》のにほへる妹《いも》を憎くあらば人妻ゆゑにわれ恋ひめやも　（巻一―二一）

これは額田王《ぬかたのおおきみ》が「あかねさす紫野行き標野《しめの》行き……」と詠んだ歌への返歌。額田王は天《てん》智《じ》天皇と天武天皇の寵愛を受けた女性ですが、その天武天皇が額田王に贈った歌です。

つまり、紫は「にほふ」ものだという『万葉集』のこの歌がもとにあって、『源氏物語』が書かれていることがわかります。物語の作者は、「にほふ」ということばをあてはめるのに最適な女性を「紫の上」と名づけた。そういうところに文学伝統の授受があるのです。

紫式部は、こうして万葉以来の文脈を引きながら「紫の上」という女性を造形し、主人公光源氏の理想の女性として描きました。平安時代という第一期国づくりの情の文化を完成させる上でも、「におう」と「かおる」がいちばんの鍵《かぎ》を握っていたことがよくわかります。

蕪村の香り

時代を江戸時代まで進めて、蕪村という俳人を取りあげます。

与謝蕪村は幻画風の俳句をつくりました。芭蕉という俳聖に対して、詩のような俳句を作った人物として蕪村がいます。

誰《たが》ための低きまくらぞ春の暮

低い枕がある、これは誰のための枕だろう春の終わりよ、という句です。

高い枕は、髷《まげ》を崩さないよう、そのままで寝る時のものですが、低い枕とは髷を解いた女性を連想させ、そこには色香が漂います。しかし髪をほどいた女性の姿はただ暗示の中にあるだけで、現実には不分明に描かれています。漂う色香はどぎつい色ではない、ああ晩春だなあというわけです。

江戸時代には、「留守絵《るすえ》」という絵の手法がありました。「誰が袖《そで》屏風」をご存じでしょうか。衣桁に着物が掛かっているだけで、人物はいない。だれの袖だろうと想像するから「誰が袖屏風」。その別名が「留守絵」。

人物は期待感の中にたしかに存在する、けれどいまは留守なのです。でもだれかが身につけていた肌身まで感じさせるような袖を掛けているという「留守絵」。素晴らしい手法です。ネーミングも素晴らしい。

次は蕪村の、その留守絵の句。まさに日本文化の精髄です。

色も香もうしろ姿や弥生尽《やよいじん》

色も香も、後ろ姿である、もう三月も終わりだなあ。後ろ姿ですから、色も香も去っていく。季節が去っていくのは当たり前ですが、それを人間にたとえて、後ろ姿となって背中を見せている。その背中に色も香りもあるというわけです。

蕪村は、平安時代を頂点として達成した「におい」と「かおり」という双軸の文化を、みごとに句の中に抱きとめました。

その後、江戸文化は「いき」や「粋（すい）」の文化をつくりあげました。そこにも「におい」と「かおり」というものの特質があるように思います。

「いき」や「粋」が何かと問われても、目には見えないし絵にも描けません。しかし「いき」な姿が表立ったものであるのに対して、「すい」は表にあるのではなくて裏にありそうです。

たとえば日本人は着物や羽織りの裏地に凝る。ちらりと裏がのぞくと、鮮やかな紅色だったり花色木綿だったりする。花色は縹《はなだ》色、露草の水色です。これこそが平安時代に達成した日本の美意識を引き継いでいる、江戸の美学だと思います。

香りは日本文化そのもの

最後は「艶二郎《えんじろう》」「丹次郎《たんじろう》」の話で締めくくりましょう。

これは「艶」や「丹」の字を持った江戸時代の浮世草子の主人公でしょう。「艶二郎」は、山東京伝《さんとうきょうでん》の『江戸生艶気蒲焼《えどうまれうわきのかばやき》』に出てくる金持ちの息子。お金がありすぎて、どうして遊ぼうか困っている。うぬぼれの強い男の代名詞になったほどで、粋がって色艶ばかりに浮き身をやつしている男が「艶二郎」。これは「におう」という美学がゆがんで用いられ、「色香」「艶」が堕落した形でパロディとなった一例です。

ちなみに『源氏物語』の中に「艶《えん》なり」ということばがあります。この「艶」は色で、それも冴えざえとした冷ややかな色で、けして色っぽい色ではありません。そこが専門家にも見落とされがちな美意識といえます。

中国に「冷艶」ということばがあって、平安時代に流行ったのが「艶なり」ということばでした。梨の花のような美しさです。そういうものから堕落して、「艶《つや》っぽい」というと色事師のようになってしまい、「艶二郎」のような浮世草子の主人公ができあがります。

「丹次郎」は、「丹」ですからあかい次郎。これは為永春水《ためながしゅんすい》の『春色梅児誉美《しゅんしょくうめごよみ》』という戯《げ》作《さく》に出てくる主人公。芸者に囲まれ、だらだらしている男です。

このように時代をへるに従って、「におい」と「かおり」は生活的なものになっていきますが、しかし「におい」と「かおり」は非常に大事にされ続けてきたことがわかります。

とくに「香り」という概念は、ひとつの具体的なものをさすのではなく、文化全体の象徴としてあるように思います。その「香り」をわたしたちは長い間、ずっと大事にしてきました。そして、これからも大事にしていかなければならない。「香り」とは、日本文化そのものであるということを結論としたいと思います。

みず

暮らしと文学

水の力

神社に参ると、参道の横に「御手洗《みたらし》」と書かれた、水を貯《た》めた場所があります。これは、そこで手を洗い口を濯《すす》ぎ、清浄な体になって神さまに近づくための設備です。汚《けが》れがある体をきれいにしなさい、禊《みそ》ぎをしなさいということです。神さまに近づき、聖なる区域に入る時の条件です。

何年か前に九州の沖ノ島へ行ったことがあります。宗方の三柱の神さまが祀《まつ》られており、最初の神さまは海岸に、その次の神様は中ほどの島に、最後の神さまは沖ノ島にお祀りしてあります。三つの神社の一番奥が沖ノ島です。

雑誌の取材で、編集者とカメラマン、家内の四人で、台風の海をイカ釣り船に乗って行きました。

やっと到着すると、そこに社務所があり、神主さんから、まず禊ぎを求められました。わたしと家内は船酔いで島のなかに入る元気もなく、社務所で休んでいることにしましたが、カメラマンと編集者は、海べりに囲いをした禊ぎ場で全身禊ぎをし、それから島の中に入りました。

これが本当の禊ぎでしょう。キリスト教の洗礼にも、きちんと全身を水に浸す洗礼もあると同時に、上から水をたらすだけの洗礼もあります。

それと同じことが「御手洗」です。子どもが家に帰った時に親がよく「手を洗って口を濯《すす》いで」というのは、禊ぎをしなさいということです。

さて、禊ぎとはどういう意味なのか、禊ぎとは「み」と「そぎ」のふたつのことばからできています。

「み」は「水」という説と、「身」という説があります。「身」と「体」はまったく違ったことばです。体とは物質的なもののことをいい、それが精神性を帯びたものの時に「身」といいます。「身」は果実の「実」と同じ、成熟した結果であり、教養、判断力、理解力等をすべて含んだものが「身」です。「身」と「体」は使い分けをしていただきたいと思います。

また、日本の古代では、身のことをいった「み」と、水のことをいった「み」とは発音が違っていました。いま東北弁とよばれるものに似た同発音の「み」が「身」です。発音の違いからいえば、「みそぎ」の「み」は身ではなく、水という意味です。

では「そぐ」とは何か。水を「注《そそ》ぐ」という意味だという考え方もありますが、正しいのは「削《そ》ぐ」です。水で削ぐのが「みそぎ」です。水が刃のように身を削ぐのと同じです。汚れや悪を水によって削ぎ落とすのが「みそぎ」ということになります。

水にそんな力があるとは、驚くべきことではないでしょうか。水に絶大な力を認めていたのが日本人です。

古代の神話でこのような話があります。

妻を亡くした神さまが、恋しくて死の国まで後を追いかけ、やっと見つけて一緒に帰ろうというのですが、妻は部屋にこもってしまい、見てはいけないといいます。見るなといわれれば見てしまうもので、神さまはその部屋を覗いてしまいます。すると、妻はうじのわいた腐乱死体だったのです。見られたと知った妻は、恥をかかせたといって、夫を死の国へ引き戻そうと追いかけますが、神さまはやっと逃げおおせて、禊ぎをしました。水の上の方と真ん中、沈んで、と三回禊ぎをしたといいます。三三九度もそうですが、聖なる時は、三という数が選ばれます。

その禊ぎをしたのが、筑紫《つくし》の日向《ひむか》の小門《おど》の橘《たちばな》の檍原《あわぎはら》でありました。日向（太陽に向かう）の国の小門（入り江）。そして檍《あわぎ》というのは、橿《かし》の木で、強い木のことです。強い木のたくさん生えているところで禊ぎをしたのです。

初代の天皇も橿原《かしはら》で即位したとありますが、橿の生えている所だからこそ聖地であり、強い木に守られた聖なるところで即位したということです。生命の木の生えているところで禊ぎをしたという話です。

生命の木とは何か。世界中に広まった信仰があります。樹下美人図という絵がありますが、生命の木の下に美しい女性がいるものです。木の両側にライオン（聖獣）がいるものもあります。聖なる木は、枝を広げ天を覆っています。木がないと天が落ちてくるからです。その上をお日さまが渡っていく木でもあります。命の泉を根源に抱えている木でもあります。生命の木は知恵の木でもあり、ぶら下がると賢くなるという神話もたくさんあります。そういう根源的な木がここでは檍です。

生命の根源である泉を抱えている木のところであるからこそ、身の汚れを落とすことができたという神聖な語りが、『古事記』に書いてあるのです。

水で生まれかわる

水というのは、生命の根源だと考えられています。水が汚れを落としたということは、古く汚れた人間が新たに生まれ変わるということです。禊ぎは余分なものを落としただけでなく、落とすことによって新たな人間として再生するという意味です。

英語の「洗う（wash）」ということばは、「水（water）できれいにする」という意味です。ところが、日本語の「洗う」はそうではなく、「あらたにする」、つまり「改めて」、「新たに」という意味なのです。

いまの「あたらしい」ということばは、昔は「あらたし」といいました。どうして手を洗うと命があらたまるのか。それが水の再生力です。水の持っている力が新たに生まれ変わらせるのだという考えです。

「足を洗う」というのも、まさに洗うと生まれ変わるということです。

ヤマトタケルが出雲へ来てイズモタケルを倒した、という神話があります。木で作った太刀しか持っていなかったヤマトタケルが、鉄製の太刀を持っているイズモタケルにどうして勝ったのでしょうか。ヤマトタケルはまず、一緒に水浴びをしようといいました。二人は着物を脱ぎ、太刀を置いて水に入ります。ヤマトタケルが先に上がり、相手の鉄製の太刀を身に着けてしまうのです。残った木の太刀を身に着けたイズモタケルにヤマトタケルは切りかかり、勝ったという話です。

われわれはこれを聞いてずるいと思いますが、古代人はよくやったと思ったでしょうか。太刀の強弱は弱い力と強い力のたとえで、水に入る前は弱かった男が、水に入ると強い男として再生した、という話です。水は生命を誕生させる強い力を持っているのです。

夏目漱石が亡くなる時、最後にいったのは「水をくれ」ということばだったという人がいます。生命が絶えんとする時に一番求めるものが水です。水は極めて根源的なもので、水イコール命といってもいいものであると、少なくとも文学からはわかります。

東大寺の修二会《しゅにえ》というお祭りがあります。奈良時代の七五二年からあったという記録が残っていますが、お水取りの行事です。由来は、全国の神さまをお祭りに呼んだのですが、若狭の国の遠敷《おにう》明神が、遅刻したお詫びに若狭の聖なる水を奉ったといいます。

その時、二月堂の前の地面が割れ、鵜《う》が二羽飛び立ち、その後からこんこんと清水が湧き出たというのがいまの若狭井です。若狭から送られた水が地下を通り東大寺へ出るというのは凄い話です。

現代では、鳥居と拝殿、神殿を囲って境内《けいだい》といいますが、昔は目に見えない大きな空間を神域と考えました。伊勢の夫婦岩には、どうしてしめ縄が張ってあるのでしょうか。しめ縄は立ち入り禁止という意味です。その向こうの海がずっと神域であり、お参りをする入口なのです。御神体は富士山です。夏至には、ふたつの岩の真ん中に富士山から太陽が昇るのが見えるのです。とすれば、境内は何百キロにもなります。古代人にとっては、福井県から送られた水が奈良県で出ても何の不思議もないということです。

渚の文学

さて、『万葉集』には四千五百首の歌がありますが、極論してその基本は何かといえば、わたしは渚の文学であると思います。

日本列島は渚だらけです。日本は大半が山地で、山から水が流れてきます。たくさんの河口は、淡水と海水の混ざり合った地域（汽水）を方々に作り、これが日本人の生活を豊かにしたのです。ここには貝や蟹が生息し、それを食べに鳥が飛んできます。その鳥を食べる人間が来ます。渚に豊かな生態系が展開していたということです。

河口のデルタ地帯に人間は米を作ります。メソポタミア文明とは「河の間の文明」ですが、日本の河内《かわち》も同じです。縄文人は山麓で生活をしていましたが、弥生人は河口で生活しました。その時の話が「さるかに合戦」です。山にいる猿は柿の種を持ち、蟹はおむすび（稲作）を持っています。蟹がやがて猿を負かします。縄文人と弥生人が戦い、弥生人が勝つというのが、あの昔話です。子どもの頃知ったことは、そんなに雄大で深い話だったのです。

水の豊かな渚は、万葉集でもたくさん詠まれています。

若の浦に潮満ち来れば潟《かた》を無《な》み葦辺《あしへ》をさして鶴《たづ》鳴き渡る」

（若の浦に潮が満ちてきた。干潟が無くなったので、鶴が葦の方をめざして飛び帰って来ている）

という歌があります（巻六―九一九）。引き潮になると遠くまで潮が引き、潟が露出します。だんだん水が増えてくると、沖の干潟まで漁《すなど》りに出ていた鶴がいられなくなるので、まだ満ちていない海岸の方へ帰ってきます。これは典型的な渚の風景を詠んだ歌、万葉集を代表する名歌だということになります。

万葉集には鶴がたくさん詠まれています。鶴がたくさん飛来するからです。食べ物がたくさんあるからです。それは汽水圏であるからで、渚というものが万葉集を作っているといって良いくらい、渚に満ちています。それを万葉人たちは、美しさとして、風景として詠っています。

わたしが子どもの頃は銭湯がたくさんありました。どの銭湯にも、湯船の向こうには、長い海岸線と松林、沖に白帆が浮かんでいて富士山がある、といったような絵がありました。これが万葉集の基になっている風景、渚の風景です。それくらい渚というものは、われわれの心のふるさとであったのです。日本人の原体験は親水体験で、簡単には水を忘れるわけにいかないのです。

平安時代に、六条河原院　源　融《みなもとのとおる》という大臣が広大な屋敷を作ったのですが、庭に塩釜を築き、明石の海から毎日海水を運ばせ、焼いて塩を作ったということです。藻塩を焼く煙が立っている風景を、身近に作りたかったのです。貴族たちは家に池を掘りましたが、その一部に洲浜（擬似の渚）を作りました。DNAに組み込まれている親水感覚が顔を出すのです。

川――隔てる力

いまはどこの自治体も政策に親水性が必ずといってよいほど出てきます。いまだに遥か昔にあった親水体験が忘れられないのだと思います。

島国にいるわれわれにとっては、弧をなしている日本列島の渚が、心のふるさとだといえます。渚は原郷となり、渚に対する親水感覚が、日本人を安らかにさせ、ふるさとに導くのです。

水は川を作り、川は文学の上で大きな役割を担っています。川はこちらとあちらを隔てるものとして意識されていました。川の向こうは特別な別の世界を作り上げる、また同時に、川の流れている空間は独特な風土を作る、という考え方がありました。

『源氏物語』の中には、京があり、その向こうに宇治があります。宇治は宇治川による沼沢空間です。源氏物語の中では、京にあるのは俗世、宇治にあるのは聖という形で宇治が設定されています。こういう宇治の設定がなければ、描写が完結しないのです。理想と現実が両方あることによって世界が完結する、というふうに人間は考えたといっても良いでしょう。そのために源氏物語には「宇治」という巻が必要なのです。

京で展開するのは第一世代、光源氏や頭中将《とうのちゅうじょう》の世界、宇治で展開するのは匂宮《におうのみや》や薫といった第二世代の人たちの世界です。薫は不義によって生まれた子どもで、生まれながらにして負を背負っています。そのことを薫は知らずに育つのですが、あるところで知り、母探しが展開します。これはまさに陰、暗、影の世界です。しかし、それこそが本質の世界であるかもしれないと思っているのです。

われわれの生活は仮の姿で、本当の世界は暗い所、魂の世界にあるのかもしれないと思えます。その時宇治は聖なる世界になります。影といってよいようなものが主人公で、この世のものは本当ではないということを最後の宇治の世界で書くことによって、全体が完結するのです。

源氏物語は、川を、異空間が抱いているものとして使った小説です。向こう岸は怖く、こちら側は良い世界で、向こうへ行く時には、橋姫という悪さをする女性がいると考えました。橋姫は宇治では浮舟という女性に姿を変え、運命の女として活躍します。

江戸も東京も、東西を隔てているのが隅田川という川です。隅田川の西は、近代化したヨーロッパ的な都市空間、東は昔ながらの情緒をもった古い江戸風の世界があるととらえた代表的な文学者が永井荷風です。川というものは、もうひとつの世界を作る働きをしているのです。

人間は〝もうひとつの世界〟なしには生きていけないのです。すなわち夢を忘れて人間は生きていけません。心の世界を失っては生きていけない。魂、神聖、情緒、心を作り上げるのも水の働きであるということになります。

再生する力、われわれをふるさとに結びつける力、そしてもうひとつの人間にとって絶対に必要な世界を作り上げる力、この三つの力が水にはあることを文学は訴えつづけてきました。

みち

国づくりの道、恋の道

万葉の道

人間の体全体を国家にたとえたら、道というのはその国家に張り巡らされた経絡《けいらく》のようなものではないでしょうか。

ツボがあって、そこを押せばちゃんと決まったところに効果が現れるようになっている。そういうものとして国家の「経絡としての道」が考えられます。

昔から日本人は道を管理し、大切にしてきました。その現れのひとつに、古いことばの「直道《ひたみち》」ということばがあります。この直道と呼ばれるものが、国家の経絡であった道だと思います。

直道と呼ばれる道があった時代、日本は国家経営のひとつの重要な政策として道を考えていました。

『常陸風土記』の中に「往来の道路　江海《うみかは》の津済《しんさい》を隔てず　郡郷《ぐんごう》の境界《さかい》　山河の峰谷《みねたに》に相続《あいつづ》けば近く通ふ　これを取りて名称《な》となせり」という記述があります。

「道は川や海に隔てられることがなく、行政区画の境目にも隔てられない。また、山の高さや河の低さ、そういうものにも隔てられることなく、都からここまで近々と到着することができる。その素晴らしい道の名をとって、国名を常陸《ひたち》としたのだ」と国名の由来が書かれています。つまり、都から常陸の国、いまの茨城県まで、ひたすらまっすぐに道が続いている、だから、この国を常陸といった、常陸というのは直道《ひたみち》という意味だ、というのです。

これは現代に置き換えると「新幹線」ですね。奈良発、茨城止まりという新幹線が通っている。だからここを新幹線という名前の国にした、という話です。

昔から早く到着をすることは大変重要なことで、そのために馬が利用されました。馬を利用するまっすぐな道が必要だったのです。

しかも、この風土記によると、これは大化の改新以降のこととして書かれています。つまり、古代の日本が国家体制をとった、その一環として茨城までの直道を造った、ということです。ですから、いまでいう国道を造るという政策をも含めて、大化の改新以降の政治改革が行われた、ということなのです。

そのような道が当時、日本各地で次つぎと造られていきました。『万葉集』の中にもそれを反映した歌があります。

信濃道《ぢ》は今の墾道《はりみち》刈株《かりばね》に足踏ましなむ履《くつ》はけわが背《せ》　（巻一四―三三九九）

これは大変有名な歌です。当時、新しく開墾した東山道が、「いまの墾道」にあたります。

大宝二（七〇二）年から始まった大工事です。いまなら東山道新幹線とでもいうような主要幹線道路を造ったのです。そこで「開墾したばかりの道を歩いていると方々に残っている切株に足を傷つけてしまう、だからわたしが愛しているあなた、靴を履いてください」という歌が詠まれた。このような歌からも、奈良時代の日本が、国家経営の国道を早急に造ったことがよくわかるわけです。

桜花咲きかも散ると見るまでに誰《たれ》かも此処《ここ》に見えて散り行く　（巻一二―三一二九）

国道、直道があると、それを当然管理する関所が置かれます。この歌は大きな関所が幾筋もの道を束ねている、そういった関所のイメージです。「桜の花が咲いて散るのかなあと思われるほどに、いったいどういう人がここにやってきては、ここから他へ道をたどっていくのだろう」。

大きな関所にたくさんの人たちが集まってくる。一枚一枚、桜の花びらのように、どこのだれだかわからない人たちが集まってきては散っていく。たくさんの人が集まるところは、巷《ちまた》ともいいます。道がまたになっている、「みちまた」ということばがつまって、「巷」。巷にたくさんの人が集まってくる。

人びとが集まってくるということ、これも道のひとつの属性です。道というものが持つ性格、まったく見知らぬ人たちが集まってきては、また何処ともなく、だれにも告げず、それぞれの先に分かれていく、という、人間ドラマをのせているのも道です。

直越《ただこえ》のこの道にして押し照るや難波の海と名づけけらしも　（巻六―九七七）

直越ということばは直道と仲間のことばです。この「直」の字を「ひた」と読むか「ただ」と読むか。「ひた」というのは、まっすぐに、という、「ただ」というのは、じかに、という意味です。それが「ひた」と「ただ」の違いです。この直越の道もさっきの主要幹線道路のようにまっすぐに目的地に向かっている道です。

この歌の舞台は日下《くさか》です。その日下の峠を越えていく日下越えを直越と称しています。東から日下峠に立つと、目の前にぱっと風景が開け、一面に海が広がる。まるで鏡板のようになったその水面を太陽が照りつける様が「押し照る難波」という印象です。「直越の道のこの風景だから、皆ここで押し照る難波の海とよんだのだろうなあ」というのです。

このように短時間で行ける道、というのはすべて人工の道です。自然の道ではありません。そもそも道というのは、地形にそって造られるわけですから、まっすぐな道は本来ありえません。ひとつの道を人工的に造るからには、理由、目的があるわけです。国家的な要請、国家的なニーズがある時に、直道というのが造られる。何らかの形で行政的な、政治的な要請によって直道というものが造られるということになると、日本では、すでに七世紀の中頃から国家の根幹として、直道を造っていた、ということがわかります。

大和地方でも、聖徳太子によって造られたという「すじかい道」が直道にあたります。聖徳太子は大変優れた政治的な感覚を持った人でした。斑鳩《いかるが》に第二の行政の拠点を置いた。

そして、中央政府のある明日香と斑鳩の間に「太子道」を造り、まっすぐに結んだ。それが、すじかい道と呼ばれるものです。

また、聖徳太子は竹内街道も開鑿したといわれています。二上山《にじょうさん》の南側にもうひとつ、難波へ出る道を造りました。都と斑鳩、難波（港）をつなぐ三角形、トライアングルを道によって造りあげた。こういうところに直道のそもそもの出発点があります。

国家体制の中であきらかに人工的な直道を経絡としておく。このように、経絡としての道はみごとなまでに日本の古代国家の中でできあがっていったことになります。

恋の道、心の道

一方で、生活上の道はどうでしょう。

うち日さつ　三宅《みやけ》の原ゆ　直土《ひたつち》に　足踏み貫《ぬ》き　夏草を　腰になづみ……

（巻一三―三二九五長）

これは長歌なので、冒頭だけの引用です。

「うち日さす」というのは三宅の修飾のことばですが、太陽の輝く三宅。屯倉《みやけ》は朝廷の収穫物の集積所です。それが地名になって、三宅の原。その三宅の原を通って、はだしでじかに土を足で踏みしめる。力をいれて歩くのです。そして「夏草を腰になづみ」、思うように進めないのを「なづむ」といいますから、夏草が丈高くたくさん生えている中で、腰までも夏草にからめとられながら、わたしは一所懸命恋人の所へ行く、という歌です。作者は男性です。

この長歌の後半に、その恋人が出てきます。髪に櫛《くし》やあさざという植物をさしたりして、おしゃれはしている。でも、ぜんぜん垢抜《あかぬ》けしないのです。おそらく、非常にダイナミックで野暮ったい田舎娘、というイメージです。そういう女性が俺の恋人だから行くぞと、いかにも男が、はだしで、大地を踏みしめる様子がわかります。

さて、この歌の作者はなぜ、腰まである夏草をかき分けかき分け行くのか。曲がりくねった自然の道を行くと、歩きやすいけれども、時間がかかるのです。まっすぐに行きたいという慕情にとっては、もどかしくてしょうがない。そこで恋人に会いたい一心でまっすぐ行こうと思ったら、夏草の生い茂っている草原をかき分けかき分け、道なき道をまっすぐに、自分で直道を造ってしまうしかない。これも直道です。

こんな直道は恋の直道でしょう。万葉の道はすべて心の道ですから自然な道もあれば直道もあり、勝手に造る道もある。いろいろな道がその場その場で歌われています。

百足《ももた》らず八十隅坂《やそすみさか》に手向《たむけ》せば過ぎにし人にけだし逢《あ》はむかも　（巻三—四二七）

この歌は友人の死を悼《いた》んで詠まれた歌です。したがって、「逢はむかも」といわれている相手は亡くなった友人のことです。百に足りない八十隅坂、八十というのはたくさんという意味ですから、たくさんの隅（角）を造っている曲がりくねった坂。その曲がり角ごとに神さまに供え物をして、たくさん手向けを重ねたならば、亡くなった人に逢うことができるかもしれないな、というのです。

死出の道、というのがあります。死の世界への道です。この死の世界への道とはどんな道だろう、それを想像させるのがこの歌です。

死の世界への道とはおそらく道の種類の中でもっとも遠い道でしょう。あの世へ続いている道ですから。

古代人は死という世界への道を、幾曲がりも幾曲がりもしている道だと考えたようです。つまり直道のまったく反対のものです。直道は目的を持ったまっすぐの道です。この反対の、どこまでもどこまでも曲がりくねった道、目的のために造られたのではない道が死の世界への道らしい。

だから、曲がりくねった道に遭うと、死を予測させるので怖くてしょうがない。死のささやきが聞こえてくるように思われたにちがいありません。

のちのちの話ですが、近松門左衛門の道行《みちゆき》もまた、根幹には万葉の時代のこの曲折した道のイメージがあると思います。

万葉時代にはすでに国家観が芽生えていて、経絡としての道もあった。そしてまた同時に、万葉によく歌われたのは、心の喜怒哀楽をたたえた心道、そして絶望的な死出の道でありました。

自然

宇宙とことば

呪眼を取り戻す

『おくのほそ道』の初めの方に有名な句があります。

行春《ゆくはる》や鳥啼《とりなき》魚の目は泪《なみだ》

春が過ぎ去ろうとしている。その時、鳥が啼いて、魚の目に泪、というわけです。わたしはこれを旧制中学校時代に習いました。

「鳥が啼く」。これはわかる。だけど、魚が泣くか。まさか魚が泣くことはないだろうというふうに百人が百人考えています。本にもそう書いてあります。ずっとこの句がわたしの頭の中にありました。

ところが二〇〇一年、ブラジルに一カ月滞在した時に、水族館などでピラニアやピラルクという肉食の魚類を見ました。非常に鋭い、まさに人を食《くら》わんばかりの眼をしていました。

そこで思い出したのが、中国唐代の詩人王維が、日本から留学していた阿倍仲麻呂の帰国を送る時に詠んだ詩の中にある句です。

魚眼射波紅

「魚眼は波を射て紅なり」。東シナ海の魚の眼は波を射る、そして真っ赤になるというのです。そうすると、たかが魚の眼といえども、一概にはいえない。さまざまな魚の眼があって、魚は泣かないのだといいかげんに決めてかかってはいけない。鋭く獰猛《どうもう》な眼と反対の眼をもっているのが日本の魚ではないか。わが祖国日本の魚の眼のなんとやさしいことよ、と思いました。

魚にも泣き濡れた眼があるに違いない。芭蕉は、まぎれもなく魚の眼のやさしさ、つまり惜別の泪に濡れた魚の眼を感じたのです。そして句ができあがった。

われわれ凡人は、鳥は啼くけれど魚は泣かないと決めています。それは凡庸な眼であるにすぎない。非凡な者の眼には魚も泣いて見える。かつては、そのような魚の眼のありようをきちんと知っていた人間がいたと気づきました。

それは呪者、占いの人間の眼です。天と地の間の人間の事柄を理解し、それを神から感受して人間に告げる、それが呪者であり、巫女であり、占い師であり、祈禱師であるのです。そういうところまで認識できる呪者の眼を「呪眼《じゆがん》」といいたい。呪眼というものを、今日では失ってしまっています。

鳥占い・雷《かみなり》占い・肝臓《かんぞう》占いが、古代ローマの三大占いで、世界的に受け継がれています。

鳥占いの例はたくさんあります。たとえば、神武天皇が吉野の山中で迷いますが、従えていった鴉《からす》を占う人間に、飛んできた鴉を占わせながら危険を脱したということです。

魚の占いもあります。今は鰰と書く魚がいます。「はたはた」です。はたはたとは雷のことです。鰰は雷が轟《とどろ》くとそれに感応して海岸に押し寄せてくる習性があります。鰰が海岸に近づくのを見ると、雷が落ちるぞと占えるのです。幕末の菅江真澄《すがえますみ》が書いています。

鮎《あゆ》も占いに使ったからこの字を書くのです。鮎を釣るのは女性に限られるという伝説が九州にあります。その代表的占い師が神功《じんぐう》皇后です。この人が釣針のない釣糸で釣る。鮎が釣れると吉、釣れないと凶といったのでしょう。中国では鮎は「なまず」という意味です。中国ではなまずによって占ったのです。

こういうふうに呪者の世界においては、魚がどういう生態をもっていたか、きちんとわかっていたのです。それが呪眼です。

古代の常識をだれもが忘れてしまったにもかかわらず、そのような知識を芭蕉が持っていたとは思いませんが、詩人としての直感において、無意識のうちに古代の呪者と同じレベルに達していたのです。

現代人のことばには、二種類あるとわたしは思っています。

ひとつは、科学の言語、正確を期することを価値とする言語です。相手のある人間の中で成立する言語です。伝達はこの正確な科学の言語でなければなりません。法律とか規制とかもこの言語で書かれます。

その反対の言語は、詩の言語です。これには他者は要《い》らない。詩の言語は、一人合点《がてん》すれば何をいってもかまわないのです。先ほどの呪眼につながっていきます。そういう呟《つぶや》きの言語、心を尋《たず》ねる言語、内面の言語というものを、ほとんどの人が忘れています。本来大切な詩の言語にかえて科学の言語ばかりを奨励するという、人間の誇りを捨てた傾向が、今日たくさんあります。いまは、すべてが科学の言語になろうとしています。

そういうことから考えると、科学の言語と詩の言語と、ふたつの言語とも必要ですが、現代の心の貧困を救うには、われわれは詩の言語の中で生活しなければいけないのです。そしてまた、詩の言語といわれるものが虚妄のものではなく科学的に説明できることも知るべきです。

中国には「三勿《さんぶつ》」ということばがあります。三つのことをする勿《なか》れということです。すなわち、怒ってはいけない、悲しんではいけない、愁《うれ》いてはいけない、の三つです。

怒ったり、悲しんだり、愁いたりしますと、人間の血液は酸性になる。その反対は、正直にしなさい、親切にしなさい、明朗にしなさいの三つは、これを「三行《ぎょう》」といいます。これをしますと、血液は弱アルカリ性になるとわかっています。

詩の言語はたわいのない言語ではけしてないのです。しかしそれをやみくもに否定してしまっているのが、われわれの科学万能の時代の貧困さだと思います。昔の人たちは、呪眼といわれるようなものをもって自然を見ていました。そのひとつの良い例が芭蕉です。

やはり、古代人がもっていた呪眼を、もういっぺん回復したい。さらに手から物の本質を造形することもある。ただ見ているだけでいいというわけにはいきません。実際にやらなければいけませんので、芸術家には魔手も必要でしょう。

呪眼をもって自然に接した代表として芭蕉という大詩人がいることを、「自然と日本人」のひとつの例として申し上げました。

コスミック・ライフ・システム

二番目に、宇宙生命体について述べたい。

この話を最初にしたのはベルリンでの学会だったので、英語でしゃべらなければなりませんでした。そこで英語の達人に、宇宙生命体を、「コスミック・ライフ・システム」ということばでいきたいと翻訳をお願いしました。これはどういうことかといいますと、われわれの生命体は宇宙全体の組織に組み入れられている、コスミックなライフ・システムがあるということです。

なぜそういうものを考えたかお話ししましょう。

また、芭蕉ですが、

鶏頭や雁の来る時なをあかし

という句があります。鶏頭は雁が飛んで来るときいっそう紅《あか》いというわけです。

鶏頭のことを雁来紅《がんらいこう》とも申します。この芭蕉の句は、鶏頭は雁来紅であるといい直したことになります。そこでわたしが知るところ、この句は大変評判が悪い。わたしの尊敬する山本健吉さんでも「少し間が抜けている」と書いています。

はたして間が抜けているのでしょうか。疑問に思いました。

『万葉集』の中に「萩の花が雁の声を聞いて咲き出したから見にきてください」と詠んだ歌があります。

雁《かり》がねの初声《はつこゑ》聞きて咲き出《で》たる屋前《やど》の秋萩《あきはぎ》見に来《こ》わが背子《せこ》　（巻一〇―二二七六）

こういう歌をわれわれの祖先が残していたのですから、萩が雁の声を聞いていると思ってもいいでしょう。ところが、世の学者たちは、そんなのは修辞、技巧としていっているにすぎないと、百人が百人すませているのです。

待てよ、と愚直に立ち止まる人間がいませんと、理解は進まず、学問は進歩しないのです。万葉集では、鹿のことを「萩の花妻」といいます。萩と鹿とが結婚しているという歌があるのです。萩と鹿が、植物と動物が結婚できる。このことは、最近鹿の好きなフェロモンが萩にあるとわかったことで説明がつきます。

同じようなものがないかと考えていきますと、これまでにもよく述べたことですが、「稲妻」があります。稲光《いなびかり》が光って稲妻が走るといいます。雷のことを稲妻といいます。なぜ、雷が稲のツマなのか。

ツマという日本語は古くは夫も妻もさしましたが、この場合は稲の夫です。日本人は、正確にいいますと十世紀の頃から稲妻ということばを使いました。万葉集の時代には「稲つるび」といっています。これはもう非常にあきらかで、稲光が光りますと空中の窒素が分解して地中に滲《し》みる。するとそこにある植物はよく実る。最近、落雷したところの茸《きのこ》がよく育つのはなぜだろうと調べて、窒素がそこに入るからとわかりました。天地の関係が成り立っています。それと同じように萩は雁の声を聞いている。

そこから考えますと、まだ知られてはいませんが、雁の声によって萩が感応する何かが、天地の中にあるシステムに組み入れられているのではないかと考えられます。たとえば、今日は曇っているからリウマチが疼《うず》くという人がいる。要するに、天候によって身体が支配されている、完全に自然科学的にコスミックなシステムがわかっている例です。

そういうことを考えますと思い出す歌があります。山川登美子の歌です。与謝野鉄幹を晶子に譲ったことばかりで話題にされるのがきわめて残念な、すぐれた歌人です。結婚して、旦那さんの結核に感染してしまい、三十歳に満たぬ短い生涯を閉じることになります。京都の姉の婚家先で療養していて、死期が間近な時に作った歌です。

桜ちる音と胸うつ血の脈と似けれそゞろに涙のわく日

桜の散る音をお聞きになった方はいらっしゃいますか。そんなの嘘だと普通はいいます。しかし、鋭敏な神経をもって自己の死の際《きわ》を考えている人の耳には、桜の散る音だって聞こえたっていい。われわれが凡庸だから聞こえないだけです。自分の無知を棚上げして「それはレトリックだ」というのは傲慢です。

レトリックなどに逃げないで、何を感じているのかを考えていたら、鋭敏に研ぎ澄まされた命の対話の中で、人間は桜の散る音が聞けるのだと思います。その音は血の流れと同じだというのです。いつか消えるかすかな音を登美子は感じているのです。

そう考えますと、「呪耳《じゆじ》」とでもいいたいものを登美子は持っていて、落花の音を感じてこういう歌を作っているのだと思います。ですから、われわれの命が血脈だけであって、桜とは絶縁されているのだということはありません。登美子は、桜の散る音は消えゆくわが命の暗示として感じているのです。

こうした伝統はどんどん消えていきますが、辛《かろ》うじて伝統を残しているのは、子どもの世界です。子どもがげんげを摘んで輪を作ったりします。あれは同心の結びといって中国で五千年の歴史を持つものです。スサノオノミコトは天上界で悪さをして追放されるときに、髭と爪を切られてしまいます。なぜか。人間の脈や呼吸が止まってから伸びるのは、髭と爪です。そのふたつを切ることは、命を徹底的に断つことです。『古事記』の中に書いてあります。これはいま「指切り」という約束になって残っています。

こういうものをもう一度思い出すことによって、人間が自然の中でどのように過ごしていたかがよくわかります。そういう点からも、ものとして、われわれの命が宇宙の組織の中に組み入れられていることがわかります。

時間を超える

次に申し上げたいのは、人間は時間を超えて自然と深く結ばれていると考えてきたことです。われわれの命は、地上と天上との空間を超え、植物・動物・人間という生体の別も超え、時間をも超えて結び付いているということです。その一例を申し上げましょう。

ある人が京の町を歩いていた。ふっと覗いたら、花のいっぱい咲いた庭がありました。思わず「きれいだなあ」と思って入りこんだ。そこへ主人が出てきて、じつは、といって話してくれました。わたしの父は生前たいへん花が好きでした。父は「花が咲く頃に蝶になって帰ってくる」といって亡くなった。だから、父が好きだった花を植えたら、父は蝶になって帰ってくるのでは、とこうしているのです、と。

この亡くなった人は大江佐国《おおえすけくに》という有名な漢学者でした。鎌倉時代後期の『沙石集《しゃせきしゅう》』に書いてある話です。

人間が蝶になるのは中国の『荘子』にも出てきます。死んだら蝶になって戻ってくるというのは世界的な思想です。蝶というのは、ギリシャ以来魂とイコールなのです。ギリシャ語で「プシュケ」といいますのは、呼吸であり、魂であり、命であり、蝶です。「プシュケ」の元になったのは、サンスクリット語で「揺らぐ」という意味をもつ「ピル」だとされます。これが「パピヨン」というフランス語になったり、「バタフライ」という英語になったりします。

「ピル」はまた、ひらひらするものという意味でコンピュータの「フロッピー」の「フロ」の語源でもあります。日本人も、中国から蝶ということばを受け取る前は、蝶を「はべる」といったのです。沖縄歌謡を集めた『おもろさうし』に残っています。

昔の人は、「は」は「ぱ」、「べ」は「ぺ」と発音しました。「ぱぺる」というのは蝶のことなのです。これも「ピル」に由来します。ひらひらするものが、魂であったり、蝶々であったり、呼吸であったり、命であったりするのは世界的です。

人間は、死後蝶になってまた好きな花に戻ってくるというように、花は生き物のひとりである人間に、生・死の時間を超えて随伴してくれます。

世界的にも、とくに日本人は自然と深く結ばれていて、自然を見る深い眼を持っていました。そして、宇宙生命体という生命ネットを持ち、時間も空間も超えるすばらしい世界に住んでいたのです。

俳句は偈《げ》である

日本人の自然に対する深い考え方を残している表現形式があります。それが俳句です。

俳句がなぜ日本において文芸様式として成立したか。単に、五七五七七の短歌の七七を除いたというのでは形式の説明にすぎません。

五七五は「もの」である、七七は「抒情」であるといいます。抒情を付け加えることで短歌になり、七七を含みこんだ五七五だから俳句は成立するのです。

この俳句はひとつの由来として「偈《げ》」をもつのではないかと思います。偈は、長い仏教的な思想を説いた後につける、五字または七字を一句とした短い韻文で、多くは四句を一偈とします。

たとえばいろは歌の元になったとしてこれ涅槃《ねはん》経の一部「諸行無常　是生滅法　生滅滅已寂滅為楽」が単独に離れて偈としてこれだけを書くことがあります。

とくに死後に残すときには遺偈《ゆいげ》といいます。一休の「遺偈」は次のようなものです。

須弥《しゅみ》南畔　誰会我禅　虚堂来也　不直半銭

(須弥の南畔　誰か我が禅に会はむ　虚堂《きどう》来るとも　半銭だに直《あた》いせず)

須弥というのは宇宙の中央にそびえる山で、自分はいまその南のほとりにいる。だれに我が禅がわかろうか。師と仰いだ虚堂《きどう》の禅さえも、今は半銭にも直《あた》いしない。つまりいまはなにものにも束縛されない独立自由の境地に達したというのです。

こうした遺偈が非常にたくさん辞世の句として残っています。辞世のことばを俳句として残すのは、日本人が遺偈の習慣をもっていたからです。

偈とは何か。短いことばにおける宇宙の表現です。それを曳いているから俳句も独立の表現形式として成立するのです。宇宙認識を示すものが偈、すなわち俳句だといえるでしょう。

重い病《やまい》の方などへのターミナルケアとして何をしたらいいのかと発言を求められた時、俳句を作ったらどうですかと答えました。俳句を作ることがターミナルケアになる。命を宇宙化するからです。

われわれがなぜ死に悩むかというと、命が終わると思っているからです。終わりではない。死とは、宇宙的存在として生き続ける出発です。

この認識で、われわれは死を乗り越えることができます。すなわち、偈として死を認識することは、俳句を作ることです。

きわみ

祈りと肉体

「永遠」と「祈り」

「日本人と永遠」というテーマについて述べようと思います。

近頃わたしが、永遠とか、永劫《えいごう》とかいうことばをしきりに口にするので、口の悪い友人などは、「お前は、もうお迎えが近いのではないか」というふうにいうのですが、必ずしもそうは思っていません。

じつはわたしは正月に、宮中で行われる歌会始めの召人《めしゅうど》をつとめて、和歌を陛下に献上して参りました。

前年の十二月にお誘いといいますか、宮内庁から和歌を出しなさいという電話がありまして、〆切までに二週間位しかないのです。わたしは短歌を学生時代につくったことがあるのですが、その後何十年かつくったことがないので、自信がなかったのですが、何十年ぶりかで和歌をつくりました。

その歌の中にも、やはり「永劫」ということばが出てきます。自分の歌を冒頭にもってく

るのは、恥知らずもいいところだと思いますが、わたしが二週間でつくった歌というのは、

永劫の刻空《とき》にあり桜波こずえに溢《あふ》れ日輪に燃ゆ

という歌です。御題は「波」でした。

空をじっと見ておりますと、永遠の時間が、流れているように感じられました。そして地上には、桜が波打って風に揺れている。それを「桜波」といってみたのですが、後で陛下から「桜波というのはどういう意味ですか」というご質問がありました。

桜と波をくっつけた「桜波」というのは辞書にないことばで、わたしの造語だろうとひそかに自負をしていましたら、陛下もちゃんとそこのところを聞いてくださいましたが、波のように風に揺れる桜が梢《こずえ》から花びらを吹き散らして、梢に溢れる。そして太陽の中で燃えるようにかがやくという歌をつくったのです。

有名な本居宣長の歌に、

敷島の大和心を人問はば朝日に匂ふ山櫻花

という一首があります。その現代版のつもりでもあるのです。朝日に匂う山桜花、そこに日本のこころがあると、こう思いました。

お正月の歌会始というのはおめでたい行事ですので、わたしは歌がうまいか、うまくないかではなくて、おめでたいか、おめでたくないかという、そちらの方が大事ではないかと思

うのです。

一般の人びとから陛下のところに、詠んで差し上げる歌を五人の選者が選びます。大変な激戦のようですけれど、その中におめでたい歌なんて一首もないのですね。選者もプロですから、おめでたい歌よりすぐれた歌を作ります。しかし皇居で披露されるものでもありますし、やはり日本的な歌がよいとわたしは思うのです。だからうまいというよりも、日本人の心を、しかもおめでたく歌に託すのがよかろうと思って、わたしはそういう歌を作りました。

そこで、わたしは永遠の時間というものを歌ったのですが、これも、「いったい永遠とは何だろう」という関心のひとつの表れでした。

またわたしの経験ですが、一昨年だったでしょうか、外務省の依頼でトルコのアンカラで文化講演を行いました。着いた日、真っ先にわたしはトルコ人のガイドを雇いました。トルコの郊外にフリーギアのミダス王の墓があります。フリーギアは紀元前一二〇〇年頃にあった国です。そこにぜひ行きたいと思っていました。

ミダス王の墓自体は第一の目的ではなかったのですが、その父親、ゴーディアス、発音がいろいろですが、ゴーディアスといっておきますが、フリーギアの最初の王様です。ゴーディアスには「ゴーディアスの結び目」と呼ばれる、紐《ひも》を結んだ逸話があるのですね。

ゴーディアスが初代の王さまとなって、車の紐を柱に、複雑に結びつけて、この結び目を解く者がいたら、フリーギアの王さまになるであろうと宣言したのです。そこで皆は争ってゴーディアスの結び目を解こうとしたのです。ところがだれもそれを解くことができなかった。

そこへ例のギリシャのアレキサンダー大王が来て、一刀の下《もと》にゴーディアスの結び目を切ってしまった、という逸話があるのです。

かねてより、この話を大変おもしろく聞いていました。結び目が解けるとか解けないとかというのは、いまの知恵の輪と同じようなものです。知恵の輪の起こりがゴーディアスの結び目だといってもよいくらいでしょう。なかなか解けない。永遠の形としてこういう「解けない結び目」というものがあるのです。

しかし、考えてみれば結び目を一所懸命解こうとするよりも、アレキサンダー大王のように、一刀の下に切ってしまえば、あっけなく解けてしまうのです。だから結び目が解けないというのは、「紐を切らないこと」を前提とした話なのですね。そういう前提がなければ、そもそも結び目が解ける解けないなどという話はないことになります。

さらに話が少し広がってしまいますが、永遠の連続模様としていま一番簡単にわれわれの目に入るものは、星印「☆」です。星の形を一筆書きで書きますね。これはいつまでたっても終わらない。星印「☆」を一筆書きで書くということは、まさにゴーディアスの結び目と同じ発想なのですね。永遠に切れ目がないものだから、その中に悪魔が入りこむ余地もない。そこで星印は大変パワフルだということになって、軍隊の象徴等になっています。中国には五星旗がありますし、世界の多くの軍隊が星印をマークにしています。ギリシャではピタゴラス派の学校の紋章でしたが、それが武力として世界的に広がったのです。

ゴーディアスの結び目もそれと同じです。永遠に続いていて、切れ目がない。切れ目がないから解けない、という永遠の思想の中で、ゴーディアスの結び目も出てくるのです。

連続模様というのは他にもたくさんありまして、ラーメンの丼の周りにグルグルと模様が書いてありますね。卍崩《まんじ》しといいますが、あれも本来連続模様で、永遠に切れないところが肝要です。あれは雷さまの模様でもありますが、雷さまの模様がお寺の模様「卍」になります。「卍」は雷さまの模様で、ギリシャ起源の模様です。これが中国に入ってラーメンの丼の模様になったり、欄干《らんかん》の模様になったりしたのです。

そういうことを考えますと、結び目をアレキサンダー大王が切ってしまう可能性をゴーディアスは知っていたかというと、もちろん知っていたと思いますが、あえて力で結び目を解かないことを前提としたことになるのです。

この前提を、ひとつの「祈り」といっていいでしょう。祈りの中で、永遠性が保障されるのです。これは武力など使わないという、この書物の冒頭に述べたいまの日本国憲法第九条と同じです。他から侵略されない、侵略をされたときには平和をもって抵抗する。ガンジーの思想と同じですね。

祈りがそこにあります。祈りに関係なく核兵器を使ってしまったら、日本が第九条を持っていようといまいと廃墟になってしまうのです。ゴーディアスとアレキサンダーと同じです。紐をいっぺんに切ってしまうということを考えの中に入れてしまえば、これはもう成り立たない考え方なのですね。

つまり、憲法第九条にしましても、ガンジーの平和主義にしても、いまのゴーディアスの結び目にしましても、ひとつの信頼というものが前提にあります。人間の善意というものを信用する。その祈りの中で無限、永遠というものが保障されているという物語なのです。

ですからその人間の祈りを無視する、踏みにじる力があれば、ひとたまりもなくそんなものは夢散してしまう。

わたしがこれからお話ししたいと思う永遠という概念、思想は、そういうことがひとつの前提としてあると思うのです。そしてその前提こそが、非常に大事ではないかと思うのです。「祈りなんてたいしたことないんだよ。祈ったって原爆で駄目になってしまう」というふうに考えないで、祈りというものが、きわめて確実なものとして人間の気持ちの中にある。それが生活者としてもきわめて大事な力になるという前提のもとで、「永遠」のお話をしたいのです。

終わらざるもの

ギリシャの哲学者にゼノンという人がいます。「ゼノンの逆説」とよばれるほど逆説で有名な人ですが、たとえば「アキレスと亀」といわれる話があります。

亀が足の速いアキレスより一歩前に出発する。アキレスは後から出発する。そうすると、アキレスは永遠に亀に追いつけない、とゼノンはいいました。

どういうことでしょう。われわれ町を歩いておりますと、自動車がブンブンブンブン追い越していきます。ですからちょっと考えただけでも、ゼノンは何をいってるんだということになります。

しかしゼノンには「二分法の説」というものもあります。ゼノンがいうには「AからBに行くとき、その二分の一地点を通らなければならない。これは無限につづくのでBには行き着けない」ことになります。Bを目指す人は永久にBに到着することなく歩きつづけるのです。

そのとおりで、われわれも学生時代に「線というのは点の集合である」と習いました。ある点とある点がある。その真ん中に点を打つ。その点と前の点との真ん中にまた点を打つ。またこの点とこの点との間に点を打つ。またこの点とこの点の間に……この間は無限に点を打ち続けていくだけです。終わりがない。

この基はゼノンの数学と同じでしょう。二分の一が永遠に縮まるだけであって、0にはならないという考え方です。

じつはいま、ゼノンの話をしましたけれど、こういう考え方が日本にもあったと思うのです。そのことを表す単語が「極《きわ》む」だと思います。

古いことばでいいますと、「きはむ」です。他動詞が「きはむ」、自動詞は「きはまる」。名詞には、「きは」ということばがあります。それがいまのゼノンと同じ考えであろうと思うのです。

われわれは「道を極める」といいます。仏の道を極めるとか、剣の道を極める、茶の道を極めるとか、たくさん出てきます。しかし、「きはむ」というからには、最終点、ファイナルなゴールに永遠に近づくだけであって、そのゴールには達しない。終わりにはならない単語が「きはむ」という語です。

一方最終点に達するときは、「おふ」という。現代語では「終える」ですね。何々を終う、学業を終うといったら、これは終わりという最終点に達することです。

その「おふ」と違って、「きはむ」という単語を設定した日本人の心に、わたしは限りない敬意を表します。これは最終点に限りなく近づきながら、しかしその最終点には達しないという思想を表しています。

これが道を極めるという思想です。宮本武蔵が剣の道を極める。武蔵は剣の道のファイナルな点に到達したかというと、そうではないのです。求め続けながら永遠に求め続けたまま命を終えました。

数学記号でいいますと、無限大「∞」です。連続模様の一番単純なものです。すでにあげた一筆書きの五芒星《ごぼうせい》「☆」と同じ永遠の記号です。これも一番単純なゴーディアスの結び目です。永遠の連続模様のことをハーキュリー・ニットといいますが、その単純なものです。

つまり、記号で書きますと無限大「∞」が、「きはむ」という日本語とひとしいのです。

さっきのゼノンの思想と同じような思想が、日本人の中にあるのです。

いまギリシャと日本の思想を挙げましたが、たとえば中国にも、限りなく充足をした

「無」という概念があります。

「無」というのはなんにもないのではないのです。限りなく充足している「0」の概念。数量としての0というのは、いま問題にはできません。質量としての「0」。これが充足をした、限りなく充足をしている「0」。「無」です。中国の老荘思想の「無」の概念はそうです。

日本画でも空白をたくさん絵の中に書きます。あれも何も無いのではありません。何も無いのではなく、その空間の中にものすごい質量がこめられているわけです。そういう「0」というものを日本人や中国人は考えました。「0」に限りなく近づいていって、何も無いように見えるけれど、そこにはものすごい内容があるという、そういう考え方といまの「きはむ」という考え方は繋《つな》がっています。

そういう「きはむ」ということばを持っていることに気づいたとき、わたしはこれは大変なことだと思いました。われわれが「道」ということばで表すものも、じつはその一番の中心は「きはむ」というところにあったのだと。

魂と永遠

「道」というのはひとつの制度化、あるいは形式化のことです。お茶の時、回して飲むとか、前に置くとか、返すとか、袱紗《ふくさ》をどうするとかいろいろ作法があります。剣道でも正眼《せいがん》の構えだとか、大上段だとか、いろいろなものを形というものに嵌《は》めこむ。煩わしいのではありません。それによって精神を獲得する、究極の形を教えられているのです。形の上に「道」が成り立つからです。

ですから形とは、何が究極なのかを求め続けていく、その最後のものです。まだ手に入ってない。それを求める手段を「道」というのですね。だから「道」という概念がないと、形の追求もありません。形の追求を「道」というのです。この追求が「きはむ」ということばにあるのです。

われわれの命は、古代のことばでいうと、「たまきはる命」です。これも賀茂真淵《かものまぶち》が説明をしており、「たまきはる命とは、命のながらうる限りをはるかにかけていうことばだ」といいます。

「きはる」というのは、先ほどの「きはまる」と同じですから、霊魂が「0」に限りなく近づいていくけれども、けして「0」にはならないことです。永遠の彼方《かなた》に魂が連続していくものが命だと考えたのが、「たまきはる命」という表現です。

いいことばですね。命というものを魂の中に考え、肉体の中には考えないのです。

われわれは、ヨーロッパの概念ですべてのものを捉えていますから、肉体というものが命だと思っていますので、脳死の問題も起こってくるのです。しかし、これは現代ヨーロッパという非常に特殊な社会の認識です。ヨーロッパのすべての思想ですらないのです。古代ヨーロッパはぜんぜん違います。ましてやアジアは違います。にもかかわらず、現代は近代ヨーロッパの価値観・認識をすべての基本に置いて、すべてを切っていきます。

それに対して少しずつ、本当にそうなのか、どうも違うんじゃないか、という反省が、いろいろなところから起こっている。ほかならない現代ヨーロッパからも起こっている。現代の優れたヨーロッパの科学者たちは、そういうことを考え始めています。

「命」というものは何か。「カラ」と「カラダ」ということばのほかに日本人は「ミ」ということばを持っているのですが、「体」とは樹木の「幹《みき》」と同じです。中国語の「幹《かん》」が「カラダ」の語源でしょう。だから手足のことを「枝《え》」といいます。ヤマトタケルはお兄さんの枝を闕《か》いて捨てました。体は「幹」、手足は「枝」と、きわめて物質的な認め方をしたものが体です。

対して「ミ」というものがあります。「ミ」とは果実の「実」と同じです。つまり、すべての生命活動の結晶。それを「ミ」といいました。そこで「カラダ」という時と「ミ」という時はまったく違う。

つまり結実ですね。両親から受けた生命体のカラダが自分の営為によって、できあがっていった。そうした、きわめて精神性の高い存在、それが「ミ」です。わたしたちは体の他に精神性の高い肉体というものを考えて「ミ」といいました。さらにその「ミ」が「命」ではないのです。「命」とは何かといったら、「魂」の中にある。「たまきはる命」なのです。

永遠に霊魂が無限を極める。「きはむ」「たまきはる」ですね。そういうふうに永遠に魂が存在し続ける。それが「たまきはる命」ということばです。だから「魂」がなくなれば本当に「命」はなくなる。しかしその「魂」がある限り「命」はあるのです。

しかし、肉体は終わる。それを「生きている」とはだれもいわない。ではどうなるのか。「体」という物はなくなる。しかしなくなったからといって、「命」がなくなったわけではない。「体」はなくなり「命」は永遠にあり続けるのです。どれくらいあり続けるのか。「魂」がある限りあり続けるのです。それが「たまきはる命」です。

われわれの魂は体が滅んでもたぶん親しい人たちのところへ受け継がれるのでしょう。そこでその人の命が永遠に受け継がれて行く。

最近のＤＮＡの研究によりますと、ますます「たまきはる命」は実証されているではありませんか。昔は早死にでしたから、孫が生まれた時には、おじいちゃんはもう死んでいます。そうすると孫を生まれ変わりだといいました。

「孫」は「真子《まご》」、本当の子ですからね。子どもは真子ではないらしい。二代後が本当の子です。いみじくもそういう隔世遺伝をいい当てたのが、「孫」ということばです。遺伝をずっと保持しながら、われわれの命は受け継がれていくのです。きわめて自然科学的に説明できる、それが「たまきはる命」という日本のことばです。

「魂」が離れれば「命」は終わるのです。離れることを「かる」といいます。植物の水分の無くなった状態も「枯る」といいますね。それが植物の「命」の終わりです。

そのひとつ前の段階を「しなえる」といいます。それと同じものが「死ぬ」という単語です。だから「死ぬ」ということは、けしてまだ終ってはいない状態なのです。次に枯れたら死ぬのです。

英語でいうと「デス（death）」は「魂が離れた段階」なのです。植物でいうと枯れてしまった段階。きちんと対応しているのですね。そこにも「魂」こそが大事だという生命観があるのです。

「魂」は永遠ですから、「命」も永遠にあるのだという考え方があります。ただ、「魂」は最初宿っていた肉体からどんどんどんどん変わっていき、最初の肉体をどんどん遠ざかることはたしかです。ですから最初の肉体との対応関係は、少しずつ少しずつ減っていく。それを「0」に近づくといっていいでしょう。「0」に近づく最初の肉体との関係からいいますと、最初の肉体は、だんだん「0」に近づいていくのです。しかし「魂」は転生しつづけて永遠ですから「0」にはならないのです。

それが「たまきはる命」です。限りなく微細なるものへの接近を続ける。そうした永遠性が、ギリシャにも日本にもあったことがはっきりしています。

時間とは何か

さて、次に問題にしたいのが時間です。たとえばここにペンがあります。机が、茶碗があります。それぞれ物という物が時間の中に存在しています。

この机も、絶対に壊れることはないように見えながら、これが時間の中の存在である限り、もちろん少しずつ風化を遂げています。目に見えないだけです。少しずつ少しずつ滅んでいます。

その風化は目に見えるか見えないか、種類によって段階に違いがあるにすぎません。物は時間の中にある限り、死に近づいています。破壊に近づいています。「0」に近づいていくのです。

それぞれが所有している時間というものがあります。カゲロウだったら一日という、人間だったら五十年とか六十年という時間でしょうか。茶碗でしたらどうでしょうか。もっと長いですか。そういう時間を持っている。そういう時間の中にある限り、存在は有限です。

もし人間死にたくなければ生まれてこないしかない。生まれてしまった、その瞬間に死を所有したことになります。だから死を所有したくなければ、つくられなければいい。つくられてしまうということは、死を所有するということです。「オギャーッ!」と生まれた時に、「あぁ、この子は死ぬな」と、そう思うのが一番正しい。

しかし、それぞれのすべてのものが持っている時間が無限に連続するという考え方がある。そういう話をしたいと思います。

仏教の「無常」の概念は常に変化を遂げてゆくことを教えます。

唐草模様というのもあります。お笑いの東京凡太《ぼんた》という人が着ていました。家庭では大きな布団《ふとん》包みに唐草模様があると思いますが。唐草模様もまた永遠を示す図形です。どこまでも終わることがないのです。

唐草というのは絡《から》み草だという説がありますが、わたしは中国の唐で「唐草」だと思います。要するに葡萄《ぶどう》唐草ですから、オリエントあたりが起源かもしれません。そこからギリシャにも渡り、また中国を経て日本にも渡って来たものだと思います。今日ギリシャに行っても、この模様はいくらでも見ることができます。

父が亡くなった時は神道でお葬式をしましたので、生きた鯛などを御供えいたしました。地方地方で違うのかもしれませんが、東京でしました。そして、父は神になりました。大変めでたいことなんですね。そういうふうなお祝いです。

そのようにお葬式もまたお祝いだとわたしは思いますが、それは、仏式のお葬式の白と黒の幕で囲い、みんな黒い服を着る方式とはまったく違います。非常におめでたい。神さまになるのですから。

さてその「いはふ」ということばを考えてみると、「いう」ということばに「ふ」がくっ付いているのです。「い（言）う」に「ふ」を付けると、「いは・ふ」というおめでたいことばになる。「ふ」というのは、学校で習いましたように継続を表す助動詞です。つまり「いは・ふ」を例に取ると、「いう」という行為を永遠に続ける。そうすると祝福することになるのです。

神社へ行って手を打って神前に額突《ぬかづ》き、お願いをいたします。これは「ねぐ」を永遠に続けることで「ねが・ふ」ことです。

「ねぐ」とは「なだらかにすること」だと思います。平らに柔らかにする。海が「なぐ」。神さまの気持ちを平らにすることで神さまの恩恵をいただく。それが「ねぐ」です。

その「ねぐ」という、柔らかくすることをし続けると「ねが・ふ」ことになる。お願いをすることになるのです。

「のる」というのは、名乗りの「のり」ですから、厳《おごそ》かな発言を「のる」といいます。「いう」は普通で、「のる」は重大な発言をする。祝詞言《のりとごと》といいます。そこで「のろ・ふ」、重大な発言をし続けると呪詛《じゅそ》する。相手を殺すこともできる。

「かたる」というのはだましているのですね。これに「ふ」をつけると「かたら・ふ」。「仲間とかたらって泥棒に入る」など、悪い結果になります。

このように、「〜ふ」という助動詞が続くと、神秘的な世界に入っていくのです。すべての「〜ふ」がそうだというのではありませんが、継続をし続けることによって人間は、神の領域に入ることができる。そういう構造が日本語の中にあります。お祝いすること、願うこと、呪うこと、悪事を企てること、これは一連の人間の力を越えた（反した）行為ではないでしょうか。神の世界への参加といってもいいですね。よくも悪くもそういう時に永遠性、永続性をもってわれわれはひとつのライセンスにするのです。

さらにもうひとつ別のことを掲げますと、「とこ」ということばがあります。たとえば『古事記』に、天照皇大神《あまてらすおおみかみ》が天の岩屋戸に入った時に、世の中が真っ暗になって、「常夜《とこよ》ゆく」ようになったと書いてあります。永遠の夜が続いたということです。

理想郷のことも常世《とこよ》といいます。常世の国は本来死の国であり生命の根源の世界である根の国でしょう。それが神仙思想によって常世の国と変わるのだろうと思います。

「とこ」がつくことばを辞書で探しますと、みごとに一定の性格が浮かび上がってきます。いま述べたように、神が死滅した「常夜」、永遠の理想郷の「常世」、「常乙女《とこおとめ》」。これは永遠の若々しい女性です。また、「常井《とこい》」などという、水が涸れない泉をいうことばもあります。

要するに「とこ」がついていると例外なく良いことばです。褒《ほ》めことばです。先ほどの「常夜」、永遠の夜は畏怖に満ちた、尊ばなければならない夜です。このように、「とこ」というのは人間の世界を越えた、神の領域に入ったものを示します。

「とこ」ということばに類似した「つね」ということばもあります。しかも、漢字で書くと両方とも「常」という字になってしまうのです。つまり、中国人はひとつのカテゴリーに、一緒にした。ところが、日本人は別に分けて考えた、ということです。

「つね」は「常足《つねあし》」、これはスタンダードな高さという意味です。「常人《つねびと》」、普通の人ですね。「常装束《つねしょうぞく》」、普段の着物です。つまり永遠ではなく標準的な、ということが「つね」です。常態、いつものような素振り。常時、普通の時。「つね」というのはそれです。それは「とこ」とはいわない。

現代人は永遠と不変とを一緒にしてしまいますけど、永遠という概念と不変という概念はまったく違うのです。これを動態と静態とに区別してもいいでしょうか。すなわち永遠は無限無窮の活動なのです。

これを民俗学でいう「ケ」と「ハレ」というふうに区別することもできます。「ケ」というのは「つね」という日常の状態で、「ハレ」というのは日常の時間から区別された、永遠の特性をもつ状態のこと。

そういうふうに考えると「つね」と「とこ」とを分けた日本人は、それを漢字で「常」とひとつにするよりは、はるかに細密な思考を持っていたということになります。その点から考えても、日本語は非常に思考が緻密です。

「とこ」ということばは、無限ですから所有された時間も永遠に続くはずです。たとえば若さとか夜とか、そういう状態は、それぞれ時間の制限を持っています。若さというのも本来の「若さ」といえる時間を持っていたはずです。そしてそれが永遠だというのですから、所有された若い時間が永遠に続くという考え方、所有時間の永遠を信じる考え方です。先ほどの、極致をきわめるという永遠性のほかに、それぞれが持っている時間が無限の時間だと考えるのではないでしょうか。

じつはわたしは「とこ」と「とき」を合わせて理解するのが古代人の時間概念にとって好都合なのではないかと考えています。「とこ」は時間、「とき」は時刻ではないか。永遠の時間の流れがあり、その一点一点をさして「とき」といったのではないか、と。

神さまが生きているのは「とこ」なる時間の中であって、時刻がないのです。たとえば「永遠の現在」などといういい方をしますね。神さまは死なないのです。伊邪那美命《いざなみのみこと》がホトを火で焼かれて死んだなどと出てくるのは、神話というものが神さまを人間におきかえて語るからであって、神さまは死なないはずなのです。永遠に生き続けています。

そうした「永遠の今」「永遠の現在」というのが、お祭り、儀式の時間ですね。ここには時間が堆積しないのです。十年前の須佐之男命《すさのおのみこと》は十年後も同じです。百年後もまた同じように祭られ、姿を現してくるわけです。

そこで大きな時間意識も考える必要があります。われわれはもっぱらリニア（直線的）な時間しか考えないようになっています。今日があって明日がある、という時間の考え方です。今日と明日は違う、時間が経っている。これはリニアな時間、直線の時間といいます。

しかしそういうものは時間として新しい概念だとわたしは思うのです。古い概念はサイクル、円環する時間です。それは、春になったら芽生え、秋になれば落葉し、冬になったら姿を消し、また春になると芽が出てくるという、円環する時間です。そう考えたのが本来の時間だと思います。

この円環時間が、直線時間というものに変わっていきました。円環するとしても変化があるので、これもまた直線時間にすぎないのです。

また古くは「補完時間」というものがあったようです。これはヨーロッパの神話学の概念なのですが、たとえば夜と昼というのは、おたがいに補《おぎな》い合って完全になっている。そういうものだと考える。ですから、昼から夜になるのではない。夜と昼が交互にやってくる、という考え方です。

そうなると、昼と夜はひとつの時間で、昨日の昼と今日の昼は違う時間が流れてゆくのです。それがまた繰り返される。昼と夜が一セットで、同じものがまた出てくる、また出てくる、また出てくる……。姿の見えない時間があり、姿が現れた時間があり、その両方がひとつの時間である。

そう考えると、さっきのお祭りの時間は、この補完時間というのが一番ふさわしい時間とも思えます。神さまは夜しか現れません。人間は昼活動します。その繰り返しですからつねに風景や状況が変わるだけで、それぞれに永続性があります。この交代は箸墓《はしはか》の構築にも、聖徳太子が遺したという国書にも見られますから、日本にも適合します。

神と人の所有する時間は、聖と俗の補完時間ではないか。サイクル時間でもないし、リニア時間でももちろんないのです。

充実した「0」

これまで挙げました、永遠を表す図形、記号、形式、神の力に接することができる「〜ふ」ということばのつくり方とか、「とこ」ということばにこめられた考え方とかですが、そこには所有された時間が有限ではなく、永遠に続くという考え方が示されているように思いますが、さらにそのことをもう少し別の観点から確かめることができるように思います。

たとえば『日本書紀』の崇神《すじん》天皇十年の九月のところに武埴安彦《たけはにやすひこ》が謀反《むほん》を起こす事件が出て来ます。「武埴安彦が妻吾《あ》田《た》媛《ひめ》、密《ひそか》に来《きた》りて、倭《やまと》の香山《かぐやま》の土《はに》を取りて、領巾《ひれ》の頭《はし》に裹《つつ》みて祈《の》みて曰《まう》さく、『是、倭国《やまとのくに》の物実《ものしろ》』とまうして則《すなは》ち反《かへ》りぬ」、そういう件《くだり》があります。そこに「物実《ものしろ》」と書いてあります。

たとえば子どもに「シロ」という字を書いてごらんといったら、たぶん「代」という字を書くのではないでしょうか。要するに代わりの物です。壁代《かべしろ》とは几帳《きちょう》のことをいいます。壁の代わりをするものです。

ところが日本書紀では「シロ」なのに「実」だというのです。これは、「実」の物でありながら「しろ」といっているのです。

つまり、日本人の本来の考え方においては、「代わりのもの」と、「そのもの」との区別をしていなかったのではないか。香具山の土が大和の国の代物だといったのです。大和の国は大きな空間で、香具山の土は大和そのものじゃない。だけどそれは「物実《ものしろ》」だといっているのです。

しかし、実物と代わりはいまやまったく別物です。神札《おふだ》を、「これも神さまですよ」といっても、「いや違う」といわれてしまう。それが近代です。「社《やしろ》」、「屋代」もそうですね。「ヤ（＝家・屋）」の代わりだと。しかしいまは「代わりじゃない、そのものです」となる。

そうした「実・代」という概念を考えますと、たとえば古代では形代《かたしろ》という考えが非常にリアルに、そのものとして生きているのです。『源氏物語』の光源氏は、母親が死んでしまい母恋をした。そして藤壺という生き写しの人がいて、これに恋をする。これは「形代」です。そしてまた紫の上という生き写しの人が現れて妻となる。これもじつに「代」がそのものだという思想を表しています。

息子の薫は大君《おおいぎみ》に恋する。かなわないと中の君に恋する。浮舟に恋する。これもシロという概念を元としたドラマです。そういうふうに考えますと、桐壺の更衣の命は、永遠に続いています。終わってないのです。

「シロ」という概念をつくることで、われわれは永遠性を確保することができました。そうでなければもう終わりなのです。コップは壊れてしまえば終わりです。しかしコップは別のものになって、代わりのものが来る。それは代わりですが、同じ働きをしますから別物ではない。つまり実であり代なのです。

なぜこんなことになるのか。じつは、「シロ」とは「代わり」ではないのです。その働きをするものです。材料なのです。材料のことを「シロ」といいます。「料《しろ》」、その働きをするものなのです。だから個体にはこだわらない。日本語が働きによって分類されることは何度か論じたことがあります。この「働き」を重視する原理がひとつ永遠性の思考を生む元となっている、とわたしは思います。いまは物体を重視しますから永遠性が見えないのです。

また、「ウツシ」ということばがあります。これもわれわれがたとえば、子どもに、「ちょっと花子、ウツシって字書いてごらん」といえば、「どういう意味のウツシなの。それをいわなきゃわからない。コピーの写し、それとも映画がスクリーンに映るの、それとも物をどこかへ移すの?」などといわれてしまいます。

これはあきらかに漢字教育に毒されています。これはものを基準としてことばを分類しているのです。本来全部が「ウツシ」なのです。日本では、写生の写の字を書いても「ウツシ」、映画の映の字を書いても「ウッシ」、移動の移の字を書いても「ウッシ」。それをみな中国人は区別しましたが、日本人はものを映しても、コップを写真に写しても、そちらに移しても、みんな「ウッシ」なのです。写真を撮っていただいて、その中にわたしが写っているのは、わたしがそのネガの中に移って入ったのです。そしてまた印画紙の上にいるのです。それが「ウッシ」です。それを「こんなの映像だよ。本物は京都に帰っちゃったよ」、そう考えるのが現代の日本人です。しかし古代では「現《うつ》し身《み》」などというのです。現実が「ウツシミ」なのです。

まったく別の映像だなんて考えず、次つぎとそのものが転移していく。転移していく命といいましょうか。転移する命を「シロ」とか「ウッシ」と考えました。

『浜松中納言物語』という物語も、浜松中納言のお父さんが唐の人に生まれ変わっているのです。そこで唐へ訪ねていくと唐にはお妃《きさき》がいて恋をする。するとお妃がやがて吉野の姫君のお腹の中に転生するのです。そういうふうに命はどんどんどんどん転移していきます。そういう「ウッシ」という概念があります。

「ウッシ」とか「シロ」とかが、われわれの生命観の中にある。そのことでわれわれは永遠性を信じることができたのです。

すでに点というものをいいましたけれど、そのひとつの点というのは、ひとつの存在ですね。その点がひとつひとつ永遠の線となって続いていくのです。そういう存在の永遠性。

先ほど、「所有する時間の永遠」といいました。いま述べたのは、そのひとつひとつの命あるものがウッされていく、「シロ」として働いている永遠性です。点の転移による、そういう永遠性です。それが「ウッシ」とか「シロ」になっていく。「たまきはる命」という、魂を鎖として命が永遠に続いていく考え方と同じです。

わたしは古いことばかり述べましたが、それがけして古くないことを最後に申し上げて終わりにします。

与謝蕪村《よさぶそん》の句です。

凧《いかのぼり》きのふの空のありどころ

「いかのぼり」はたこのことです。

「たこよ。昨日の空のあったところよ」、わたしは蕪村が何もない空をじっと見ているのだと思います。するとそこに凧が浮かんでくる。「昨日、空のあそこには凧があったなぁ」と、そういうのですね。

これこそこれまで述べた、すべてのことを象徴するような作品ではないでしょうか。

普通に見たら何もないのです。だけれども昨日の凧は今日もあるのです。見える人には見える。見えない人には見えないのです。

永遠にそこにあり続けるという、そういう生命を、何もない虚空に対して蕪村は見た。詩人とは本来、神の発見者、神との対話者です。だから、どこの国でも尊重されるのです。インドのバラモンもそうです。バラモンは司祭者であり、詩人です。日本でも同様で、歌人とは神との対話者でした。だから日本では和歌が伝統的に尊ばれるのです。

神との対話者。その対話者の目で空を見ると、何もない空に昨日のいかのぼりが見えるのです。いかのぼりがひとつの命とすれば、永続した生命というものが、ずっとそこにある。そういうことを考えると「空白」というものも「0」ではないのですね。充足したものがあるのです。われわれの神体験というものは、そういうものではないでしょうか。

沖縄のセーファウタキに行きますと、いまは木が伐られてしまいましたが、それでもやはり何かゾクゾクッと身に迫ってくるものがあります。充足した空間です。それが神の空間です。神の空間をいい換えれば、凡人の目には見えない本質的な空間ですね。そういうものが神の世界にはあるのです。

蕪村は神との対話を、このいかのぼりの中で発見したのだと思います。やはりそこには存在の永遠というものがあるのです。

こんなふうに、われわれは生命を連鎖する永遠というものを、昔から信じてきました。そういうものの中に永遠があって、けして生命が有限だとは考えないのですね。

日本人の永遠観を、近代ヨーロッパの文明が行き詰まった今日において、もう一度世界に向かって発信すべきだと思います。

異界

他界への越境

他界への越境

一四一ページに掲げた葛飾北斎「富嶽三十六景」のうちのひとつ、「甲州三坂水面」の上下の富士山についてはすでに考えました。それを改めて眺めていると、わたしは日本人が山を見、そして、海を見る時の気持ちが痛いようにわかります。結論を急いでいえば、北斎は、日本人が山を見る時の深層の心理を、水面に鮮やかに写し取った、それがこの絵ではないかと思います。

まさにこれは、日本人が長い歴史の中で讃《たた》えてきた山と海を描いた、そういう絵ではないでしょうか。

したがって、これは山の投影というふうにはいいたくない。いわば山の倒景、逆さの風景だと思います。

そこでこの印象をもうすこし、つきつめてみたいのです。海底はもちろん平らではない。ちょうど陸上を逆さにしたように浅深をくり広げているはずです。つまり、水平線の上下に上へそびえる山々と海底に向かう起伏とが、水平線を軸としてシンメトリーをなしていると思います。

まさに山は水面の映像として存在するのではなく、山の風景は海という倒景にひとしいと考えるべきでしょう。

『万葉集』の歌の中には「海界《うなさか》を　過ぎて漕ぎ行くに」ということばがあります。海の境、境界を過ぎて漕いでいくなどということがどうしてできるのだろうと不思議に思いますが、山に坂があり、そこが境になっている地上の生活者はそのことばをそのまま海にあてはめているのだと思います。また、心に描く宇宙図の中にはヤマサカに対するウナサカがあって、その先にさらに越境する他界があると考えるのかもしれません。

また海の向こう側に、ネノカタスクニ（根の堅州国）があり、これが生命の根源の国と思われています。

そうすると、地上にある富士の高嶺《たかね》のネと対応するように、海のかなたの地上にもそびえたネがある。その中間に海があるという格好になります。

海の神と山の神

このように、倒景としての山が海ですが、そのことを詳しくいいますと、じつはウミということばは新しいことばです。

古くはワタといったようです。ワタということばはある固定したことば、ワタノソコとかワタツミとかワタナカというイディオムとしてのみ使われ、ウミのようにあらゆる機能をもって使われたことばではありません。これは、ワタというのがもうひとつ前の時代のことばであって、そのワタがウミということばに取って代わられたことを意味していると思います。したがって、ウミの元のかたちを考えるためにはウミより、ワタということばを考えなければいけません。ワタには、ワタツミという神さまがいるものですから、ワタツミの宮という宮殿があります。海が山の倒景の世界だといいましたが、山にはヤマツミという山の神がいて一対をなしています。

同じように海の神はクスシということばとともに、「海若《わたつみ》は　霊《くす》しきものか」などが『万葉集』に歌われていますが、これと同じような霊妙である山が『日本書紀』などのクシフル山です。

さて、そのワタということばはどういう意味か、ひとつの説があります。

ワタというのは、ヲチということばと同じことばではないかといわれています。ヲチというのは「若返り」という意味です。ヲというのは若い者を指します。反対にオとは年をとった方を指します。ヲツという動詞があり、これは若返るという意味です。その名詞形がヲチということばです。そのヲチがワタと同じことばだろうという説です。

これは当時の音韻の交代とか、子音をともにする母音の変化という国語学の通例からいいますと、納得することのできる意見です。そうすると、ウミというのは若返るものだ、と考えていたことがわかります。若返りの空間。これが海です。

ワタツミという海の神さまについてはいまあげましたが、ミというのは神さまで、「海若」と書きます。また「海童」とも書く。これはいずれも中国の用例でもあります。なぜ海の神さまが「海若」、「海童」と書かれるのか、このことから考えると、やはり、ワタとは若返りの空間で、そこには若々しい神さまがいると古代日本人は考えたようです。

反対に山の方はどうなのか。

ことばというのは親族をなしていまして、仲間ことばをもちます。そういう山の仲間ことばを探してみると、イムということばがあります。物忌みをする、忌みことばという、あのイミ・イムです。イミはユムともいうのでヤマとユムとが本来同じことばだった可能性があります。先ほどのヲチとワタとの関係と同じです。そこで、ヤマということばはイムと仲間のことばではないかと思います。山とは「忌み」空間の神さまがヤマツミ、山の神だったのです。

そうすると、山と海はいずれも他界ですが、山上の他界は死の空間で、海上の他界は生の空間であるというみごとな対応をなしながら、まさに先ほど述べたような倒景として山と海がそれぞれ存在をしていることになります。倒景として山と海は生と死の空間でした。

ことばを換えると、海とは生命の誕生する空間です。命を育《はぐく》む空間が海であって、その反対に死霊が隠《かく》りいます空間が山の空間であるということになります。

その海を覆っているものは水です。山を覆っているものは森です。水は海という禊《みそ》ぎの空間。生命を包むものが水であり、反対に死霊として忌み籠もる山を包んでいるものが森である、森林であるということでも、みごとな対応をなすと思います。

次に、そういうふたつの世界がどのような接点を持っているのかということを拡大して考えてみたいと思います。

山というのは山そのものとして、ウッシという形容が使われます。

高山と　海こそは　山ながら　かくも現《うつ》しく　海ながら　然真《しかまさ》ならめ　人は花物《はなもの》そ　うつせみの世人《よひと》　（巻一三―三三三二）

という歌です。ウッというのは現実という意味です。反対に海、これはマサ＝真実という意味です。

吾《あ》が恋はまさかもかなし草枕多胡《たご》の入野《いりの》の奥もかなしも　（巻一四―三四〇三）

という歌があります。これは現在という意味でマサが使われた例です。神さまが亡くなって横たわっている姿を山に見立てた神話がありますが、その亡くなった神さまの頭に生まれた神さまはマサカヤマツミの神です。つまり、頭が真実だということです。マサというのはそういう意味で、これは真実の世界です。

現実であったり真実であったりするという、きわめて実存論的な認識の中に人というものがおり、その人がハナものだといわれています。一時的に移ろうものですね。華やかだけれども、移ろうもの。これがハナであるといわれていて、現実だったり真実であったりする山と海の真ん中に、一時、移ろうものとして、たまゆらの命をもって滅びていく存在が人間だという考え方です。

たまゆらの命をもって移ろう人間の世界をはさむ、山であり海である永遠の生命世界。そこで人間は山に籠もることによって死霊として鎮《しず》まる。また海上に去っていくことでネノクニにたどり着き、またそこから再生してくることになります。

異界との交点

そして、大変おもしろいと思うことは、ハナである人間がすむ空間と永遠の世界の空間の接点が、異界との交点であることです。その海における交点はナギサといいます。そして、山における交点は、アシヒキと呼ばれる地域だろうと思います。

アシヒキというのは、ご承知のように山の讃辞——枕詞です。あしひきの山となぜいうのか。枕詞というのはすべて褒《ほ》め讃《たた》えることばですので、山の美称でなければならない。山でいちばん大事なところはどこかというと、山が足をひくようなアシヒキと呼ばれる場所です。つまり、裾野だということです。

そこが山の入口になります。各地に山口神社というのがありますが、まさに山の入口が山という聖なる結界のほとりだからでしょう。そこがアシヒキで、それぞれ大変大切な空間になり、神社がつくられます。これが祭りの場でもありましょう。

アシヒキの祭りの反対に、ナギサの禊ぎがあります。死と再生の行事が禊ぎです。

ナギサは、生以前の世界から生の世界に移る両界の交点であり、イザナキにとっては死穢を払う生の転換のところでもありました。

洗うという行為もそうだと思います。洗うというのは新しくするという意味ですから、体を洗うというのは一種の再生です。

やがてこういう畏敬空間は、じつは一番美しいところだというふうに、人間の認識は変わってきます。美の根源は畏れにあります。怖いものですから、それを反対に褒める。すると、恩恵を与えてくれる。

そういう構造の中で、この異界との畏れの空間が、美しい風景として誕生してきます。ナギサが非常に美しいという認識もここから出てきます。万葉集の歌の美景の大半はナギサの風景ですが、これは万葉集だけではありませんで、ずっと続きまして、つい最近まで、美しい風景の典型はすべてナギサでした。

銭湯という身を洗うところにナギサの風景が描かれたのは、偶然ではないでしょう。

「浦《うら》」ということばも万葉集ではたくさん出てきます。湾曲した海岸がより美しいからです。

さらに、川の河口が津になり、港になり、砂州《さす》が延びて天然の防御をします。そういう砂州を交えた河口の潟、潟も、美しいものとして登場してきます。そこをわたしは汽水圏《きすいけん》ということばで呼んでいます。淡水と海水の混じったところです。

汽水圏が日本文化を育んだ原点だともわたしは考えてきました。日本のことを豊葦原《とよあしはら》の瑞《みず》穂《ほ》の国といいますが、葦は汽水圏の特徴の植物です。

瑞穂の国、稲穂の実る国。まさに汽水圏を原初のイメージとしてもった美称が日本の美称になっているのです。

そのように、ナギサというものは美しい風景として褒め讃えられ、かつ尊敬され、尊重されて、今日に至りました。

永遠の世界との出会い

さて、山とワタとの関係ですが、それをわれわれはウミと呼ぶようになりました。これはもちろん万葉時代からウミです。それでは、ウミとは何か。

ウミというのは、「埋む」。それから、飽きてしまうことを「倦《う》む」といいます。また何かを誕生させることを「産む」といいます。そしてまた、麻糸を繊維として糸につくっていくこと、これを「績《う》む」といいます。こういったものと、ウミは仲間のことばらしい。

古代の発音は甲類と乙類とあり、ミという発音にふたつの発音があります。音韻の違いではありません。発音上の違いで、甲類、乙類といいますけれども、これらのことばのミはともに甲類ですので、これは同じことばだと考えられます。

そこでこういったものがトータルでどういう意味を持っているのか。

埋めてしまう。これは穴をいっぱいにするわけです。倦《う》んでしまう。もういやになった。もう話は聞き飽きたよ。それもいっぱいになるという意味です。生まれること。糸にすること。これはただいっぱいだということではなくて、その次に生産がありますね。モノを生んでくる。糸をつくる。ですから、充満したり飽満になったりする、その上さらには別物の生産にいたる概念を日本人は、ウムという単語で表したのだ、ということがわかります。

まさに海というのはそういう世界ではないでしょうか。水が満ち満ちています。水はまさに力です。力があふれている。時としてそれは横溢《おういつ》して人間を襲うことさえある。神変不可思議な働きがそこにある。この「充実して横溢する空間」とウミを考えた時、「若返り」を意味するワタが別のウミということばでよばれるようになる変化も納得できます。

ものの神・ことの神

神々のことば

「もの」とは何か

「もの」ということばはどういう意味を持っているのだろうか、とあれこれと考えています。明治以前は、山や川、木や草などを総称して呼ぶ名前はなかった、と国語学者はいいます。全体を「自然」ということばで総括したのは、西周《にしあまね》や福沢諭吉だというのが通説です。それ以前には「自然」とは、「自然にそうする」などという意味しかなかった、ところが明治時代から、森羅万象《しんらばんしょう》のことを「自然」と呼ぶことになった、と。

いかがでしょうか。わたしは首を傾《かし》げます。つまり、もしそうなら、自然そのものを認識していなかったということになります。物には必ず名前があるのです。国語学者が、自然というこどばがなかったということは、全体の認識がなかったということになります。

そうではないだろう、とわたしは思います。やはり、山とか木とか、そうしたもの全体を指していうことばが、必ずあっただろうと思います。

それは、「もの」ではないでしょうか。

精霊やスピリットのようなものを「もの」といいますね。森羅万象には悉《ことごと》くスピリットが宿るから、すべての「もの」は魂を持っている、というのが昔からの考え方です。

また、「かみ」という概念があって、その下級の霊的な働きを「もの」というのだと、こういう説明も見かけます。しかしこんな失礼なランク付けはないとわたしは思います。これはおいおい話をしていきます。

そうではなくて、すべての物、この机も鉛筆もすべて「もの」です。

しかしそれでは困ります。これ、と指した時は区別したものでないといけません。それを「品物」というのです。品とは「区別」という意味です。階級的な意味にも使います。ですから、区別されるものが品物です。品物というと、お店に並んでいる物のように思いませんか。家にあるひとつひとつの物を品物とは呼ばないと思います。それは、事柄を区別して買い物をするからです。「ものをくれ」ではなくて、「この品物をくれ」といわないと売買が成り立ちません。買ってしまうと、品物ではなくなってしまうのです。

区別して物をいうと、机という品物、花という品物、ということになります。「もの」というのはすべて、われわれのことばでいうと自然、それらを総括的に「もの」といったのだと思います。

そういう「もの」の主人が大物主《おおものぬし》です。すべての「もの」の、森羅万象悉《ことごと》くの「もの」の上に君臨している神さま、これが大物主です。

後のことわざに「地震・雷・火事・親父」といいます。地震、大地の揺らぎ、これは最大の恐怖ですね。その次に雷、天変です。火事というのは人為的なことが多いので、都市生活には怖いと付け加えているだけです。さらに付け足りの付け足りが親父だから、親父なんてぜんぜん怖くないですね。「カジ・オヤジ」で語呂を合わせているだけです。

一番恐ろしいのが地震、つまり大地です。大地の中心はやはり山でしょう。その、山の中の山、といったら大和の三輪山《みわやま》です。ですから、大地の支配者、万物の神さまが三輪山に鎮座して、三輪山とイコールです。山の霊的な働きも「もの」で、存在そのものも「もの」である、ということになります。

『日本書紀』によりますと、大物主が大国主《おおくにぬし》とイコールであると書いてあります。大己貴《おおなむち》というのも大国主の別名です。大己貴とは大地の主ですから、大地の神、大地の支配者が大物主である、ということがよくわかります。大物主は、大己貴などの五つの別名を持っています。神さまはたくさん名前があるほどパワフルなのです。それだけの力を持っているよ、という意味です。

神話は、系譜として力を伝えることがあります。Aの子がBである、Bの子がCである、CにDEFという子がいる、など、それら全体がひとつの神さまの力を表すのです。『旧約聖書』でも、はじめにずっと名前が出てくるでしょう。あれは、大祖先神の力を表しているのです。

汽水圏の神々と文化

別名もそうです。大国主の別名として、葦原醜男《あしはらのしこお》という別名もあります。醜男とは〝力強い男〟という意味です。基本的には、男の魅力は力ですね。葦原とは、日本の国のことを葦原瑞穂国《あしはらのみずほのくに》といいますから、日本の力強い男が葦原醜男だと、一般的にはなにげなく考えております。

しかし本来「葦《あし》」というのは水辺に生えるものですね。山の中に葦はありません。「あしひき」ということばが山の修飾語になっていますが、なぜでしょう。山には葦や檜《ひのき》が生えるからだという説がありまして、じつはわたしの著書でもその説を採用しておりますが、これはとんでもない誤りだったと思います。葦は水辺に生えるものです。だから葦原は、基本的に大和にはありません。葦原はどこにあるのかといったら、葦は難波《なにわ》の特産ですね。あるいは琵琶湖など水辺に生えています。そこの力強い男というのが、大国主や大物主の別名としてあるという不思議。そのあたりのことが今日わたしの訴えたい、一番の眼目です。

なぜ、大国主という、山を中心とした大地の神さまが、水辺を特徴とする葦をもって別名としているのか。

葦原というのは豊葦原瑞穂国である、と先ほど述べました。豊葦原というのは水のほとりで、瑞穂国とは、稲がたくさん実るところ。田んぼは日本全国に広がっています。田んぼの豊かな国というのと、葦が豊かに生える国というのはどうしてひとつになるのだろう、ということがいままでわたしには大変わかりにくかったのです。

ところが、米を一番最初に栽培する場所は河口です。メコンデルタなど大穀倉地帯です。中国では揚子江の流域、良渚遺跡などから稲作が始まっています。日本でもそうです。まず難波の河口あたり。あのあたりは河口が入り組んでいるところですから、どんどん田園地帯になります。それが徐々に広がりまして、やがて平野を田んぼにしていきます。

日本民族はいろいろと苦労しています。日本は七割が山地ですから、平地は三割しかありません。田んぼは平らでないと水がこぼれてしまいますから、田んぼは営々辛苦の結果、自然を変形していった結果です。

大葦原は、畿内では難波しかありません。難波は汽水圏です。私は「汽水」ということばに凝っておりまして、汽水文化という造語もつくりました。汽水文化というものが各国の文化を創っているのです。メソポタミアもそうです。「メソポタミア」とは「河の中」という意味です。日本語でいうと「河内」です。チグリスユーフラテス文明も、ナイルの文明も、全部そうです。ですから誤解を与えるかもしれませんが、山国の中に文明が発生する例はふつうないのです。苦労の結果、変形として山の高いところにも文明は移動しますけれども、まずは河口から始まります。

汽水圏というのは、淡水と海水が混じったところです。川が流れて海に入ります。そうすると、満潮時には海水が遡上して川へ上がってきますので、適当に混ざり合うのです。混ざり合うということがすべてを豊かにするのです。

汽水圏はプランクトンが豊富で、それを食べる小動物がいたり、貝がいたりします。貝を捕るために掘り返すことで、地中に酸素が供給されてまた豊かになっていきます。そういうことが難波やチグリスユーフラテスで行われてきたのです。農耕文明とはそこから始まるのです。残念ですが大和からは始まらない、ということです。

葦原醜男などという名前を、大物主神とか大国主神と呼ばれる大地の神が持っているということは、必ずやそこに変容の歴史があったことをきわめて明確な文献としてわれわれに知らせてくれていると思います。本来山の神であったものが汽水圏も抱えこんだ神格をつくり上げていって、その時に葦原醜男という別名をも大物主は持った、ということに違いないと思います。

遊牧民には草原があればよいのですが、農耕民にとって草原では困りますので、それをすべて田んぼに変えるのです。漢民族はステップ地帯を田畑に変えてしまいました。一度草を取ってしまうと草原は元に戻らないそうです。そこでフン族などが奪還しようとして南下してくる。漢民族は万里の長城を造って防ぐ。そうやって、中国は平坦な土の面をキープしようとするのです。

日本は水が豊かなので、水を引いて田んぼを造りました。しかしそれは営々辛苦の果てです。

日本は古代に大和族が出雲族を駆逐したように書物には書いてあります。しかしそもそも出雲には中海《なかのうみ》や宍道湖《しんじこ》があって、みごとな汽水圏です。

そこで天孫族は出雲汽水圏の大国主に葦原中国《なかつくに》をよこせといいました。つまり大国主を主人公とした人たちは、少なくとも葦原中国が領土だったのです。その大国主の別名が、大己貴や大物主という山の神だというのですから、縄文の神と弥生の神が合併したということです。弥生人が大和を手中にする時、縄文人の信仰を活用せざるをえなかったのです。

縄文人と弥生人

この縄文対弥生というのはいろいろなところで出てきます。

すでにふれましたが（一八二ページ）、わたしはいつも「さるかに合戦」がそうだといいます。猿が持っているのは柿の種。柿は山で生えるものですね。一方、蟹が持っていたのはおむすび。これは稲作、農耕ですね。猿に代表されているものは山の民、つまり縄文人です。そして蟹に代表されているのが弥生の農耕の民です。汽水圏には蟹がたくさんいます。柿の種とおむすびを交換することで始まって、最後に猿はやっつけられてしまいますね。つまりこれは、弥生人が縄文人を駆逐したという話になるのです。

こういう、民話の形で征服の歴史を語ることは、世界各地にあります。「さるかに合戦」の場合はさらに、猿を馬鹿にしていいます。猿は柿の種を要《い》らないといいました。柿の種は、いまは食べられないけれども、植えておけば「桃栗三年柿八年」、八年経ったら毎年たわわに実ります。八年間我慢できなかったのが猿、つまり縄文人。すぐに食べられるものを欲しがったわけです。そして、弥生人はすぐ食べられるものは渡して、柿という将来性のあるものを持ったのです。イソップ童話の「アリとキリギリス」なども同じですね。冬になったら衰えてしまう、そういうことです。

蟹と蛇の葛藤というものもあります。『日本霊異記』の話（中巻八）です。少女が老人に捕えられていた蟹を助け、一方蛇にのまれた蝦蟇《がま》を助ける条件に、蛇の嫁になることを約束したのです。約束した夜に蛇が少女の家へやって来ると、少女の助けた蟹が蛇をズタズタにして殺してしまった、という話です。ここで、蛇は縄文のシンボルです。蟹が弥生のシンボル。これも、蛇という邪悪なものを蟹がやっつけたというお話です。蛇というのはずっと、ろくでもないものとして登場します。

なぜ蛇を邪悪視するのかというと、これは縄文時代に、神格を持っていたのが蛇だからです。弥生がどんどん水田耕作を始めていきますと、その時に水辺に棲んでいる蛇が邪魔です。農耕が進むにつれて最初に出会った敵が蛇でした。それくらいに蛇というものは山の民に近しいものであって、それは尊くて、なにより恐いものであったから、神さまであったのです。

なぜ三輪山があんなに信仰されるのかというと、ひとつの説として、三輪山はとぐろを巻いている蛇の形だという見方があります。きれいな円錐形というのは蛇の形なのだ、というのです。山の民にとっての聖なる存在は蛇だったので、そう考える根拠はよくわかります。それにはからずも三輪山が蛇を神さまとし、蛇の姿の三輪山を崇めるとなっているのです。それに対して蟹がいる。そういうことからも蛇対蟹の背景は、縄文と弥生の葛藤に違いないことがわかります。

大神《おおみわ》神社の大注連縄《しめなわ》や、出雲大社の太々とした注連縄は、蛇が絡んでいる姿だという人がいます。性交というと汚らわしいと思われる方もおられるでしょうが、古来、非常に神聖な生殖、生産の行為です。蛇は性交の際何時間も絡んでいるようで、そういう姿が注連縄になっている、という説です。このように、蛇をシンボルにしているということは、山の民の信仰対象であったということだと思います。

さらに、大国主には八千矛神《やちほこのかみ》という別名もあります。八千矛神はいろいろな女神にプロポーズをします。矛が男性の象徴です。八千の男性の象徴。つまり、ものすごい生産の力を持ったのが八千矛神です。そしてその神体は蛇です。蛇は矛でもある。こういうところにも蛇信仰があるのです。それぐらいに三輪の神というのは、山の民の信仰の中心です。

その三輪の神が葦原醜男という別名を持っているのです。縄文から弥生にかけての、紀元前三〇〇年頃の葛藤が、いま親が子に語って聴かせる「さるかに合戦」としてあらわれているのですから、歴史は身近なものです。それは同時に三輪の神の神話にも反映しているのです。

縄文の復権

このようにわたしは、三輪山信仰が始まったのは、縄文時代ではないかと思います。しかし、弥生時代以降が日本の歴史だという人が非常に多く、先ほどの「自然」のお話と同じです。

いまわれわれが使っている日本語、一部の人の意見ですとこれは弥生以降のことばだというのです。弥生の農耕を持ってきたのは南方の民族だ、と学校で習います。ところが農耕をもたらしたひとびとの言語が日本語の祖先だとなると、それでは縄文はどうするのか、という問題が生まれます。縄文語は死滅したのでしょうか。結局、いまあることばがことごとく弥生のことばだと証明されない限り、日本は縄文から弥生という歴史を辿っているのですから、これを揺るがすわけにはいかないのです。

どうもこれは弥生語ではないか、とわたしが思うのは次の三種類のことばです。

ひとつは、文明語、文明に関することばです。制度としての「国」、「君」、「殿」など、これらは中国から来た。もともとは中国語です。二番目は、ものを認識する際のより洗練された言語です。認識を新たにする、認識語というものがあります。そして、もうひとつ日本語に直したもの、自国化語というものがあるのです。ネイティヴにするのですね。ネイティヴアイゼーション（土着化）のことばがあります。この三つを含め弥生語ができあがってくるのです。これら以外は縄文から続くことばだと、わたしは日本語について思ってきました。
もっともっとわたしたちは縄文時代を視野に入れた歴史を学ばないといけないと思います。
わたしは、三輪の神の信仰の発祥は縄文時代にあると思います。それに対して、やがて山の民と海の民が均質化する時代が来ます。

農耕を持った人間がだんだん大和国へ上がっていきます。神《かむ》日本《やまと》磐余《いわれ》彦《ひこ》の大和征服がその最たるものです。大和には長髄彦《ながすねひこ》がいまして、神日本磐余彦を撃退します。長髄彦は縄文時代の大和の人たちです。縄文人が弥生人を追い出してしまうので弥生人は大和へ入れませんでした。やっと熊野あたりから入ってきて、艱難辛苦《かんなんしんく》、鳥（ヤタガラス）に助けられて大和へくさびを打ちこむことができた、そういう話になっているのです。

ですから三世紀の頃、これは弥生時代の終わりで古墳時代になる直前ですが、その頃には海の民が大和一円を手に入れたのでしょう。その時に三輪の神の神格も変容したと思います。それまでは山の神、大地の神であったものが、葦原まで入れた、全日本を支配する神でもあると考えられたのが、別名に表れているのです。

大国主神《おおくにぬしのかみ》や大物主神《おおものぬしのかみ》の別名の話をしていますが、この神の子どもに事代主神《ことしろぬしのかみ》がいると書かれています。子どもがいるということは、つまり系譜を以てパワーを語るということで、これは学問的には聖書学をもとにした方法ですが、それを応用しますと、子どもだということはすなわち父親の力だということになります。

それを日本の神話学に応用しますと、事代主が子どもだということは、大国主が事代主であったということになります。ある段階から、大国主神は事代主神でもあると思われたのでしょう。国譲りのところでは、大国主に国を譲るかどうか返答しなさいといいますが、大国主は息子の事代主に返答させています。それはなぜかというと、息子が事代主だというふうに分けてしまったからなのです。

国譲りの時、事代主は三穂埼《みほのさき》で漁《すなどり》や鳥の遊びをしていたといいます。この鳥の遊びとは鳥占いをしていたのです。魚占いもしていた。ですからアユを鮎と書きます。中国ではナマズのことです。地震占いをしていますね。

要するに、事代主は占いをしていた。鳥のお告げを聞いていたということですから、事代主の「こと」は、神託を告げるということばです。そういう役割を持っていたのが事代主なので、その性格も大国主は分担していたのです。

神さまが出現する時にはだいたいひとつのパターンを踏みます。たとえば、少彦名《すくなひこな》という神さまが来ました。だれも知らないので蝦蟇《がま》に聞いてみたら、案山子《かかし》が知っているだろうと答える。案山子に聞いてみたら、あれは少彦名だといった、という話があります。これも一連のパターンで、神さまが出現した際にはその神さまをだれも知らなくて、知っている媒介者がいるという一定のルールの中で、神のお告げを実現化する役目を持っていたのが、「こと」というものにかかわる神さま、それが事代主です。

「代」というのは働きを意味します（二三一ページ）。ことばの働きをする主ですから、つまり神の出現をことばによって実現化する、そういう働きをするのがことばの神さまの役目だったのです。

そういう役目も大国主は背負いこんでいて、その大国主と同じ人間が大物主神である、となるのです。ですからここにもまた、大きな神格の増大というものがあります。

雷という超越者

次に味耜高彦根《あじすきたかひこね》という神様がいます。なぜ大国主の子どもとしてこの神さまが出てくるのでしょうか。

天稚彦《あめわかひこ》という神さまが亡くなった時、味耜はお葬式に出掛けます。ところが味耜高彦根が天稚彦にあまりに似ていたので、蘇《よみがえ》ったと勘違いして遺族たちがすがって泣きました。味耜高彦根は怒って、親友と思うから弔《とむら》いに来たのに、死人と間違えるなんてとんでもない、といって、剣でその喪屋《もや》を切り捨てて蹴飛ばしたのです。

わたしは、味耜高彦根は雷の神さまではないかと思います。彼は玉のように輝いて谷をわたるといわれ、天から落ちた時は喪屋《もや》を吹き飛ばしてしまうほどの威力があるのです。そして空中へ消えてしまう雷、これが味耜高彦根です。

そうすると、大己貴、大国主、大物主が、子どもとして雷の神を持っているということになります。雷神が子どもであるということは、先ほどから述べているように、これは大己貴そのものが雷神の性格を持っていたということだと思います。

それは合点のいくことで、雷や雷鳴、雷光は蛇と同体だとされています。ですから、大己貴は蛇であったり剣であったり雷だったりするのです。

現代人はあまりにも物体主義、つまり物体というものが存在の唯一であると考えています。ところが、古代人は普遍主義、すべての物体を超越したものに存在を認めるのです。だから蛇と剣がイコールだとしても不思議だと思わない。草薙剣《くさなぎのつるぎ》はオロチの尾から出てきたでしょう。つまり剣とオロチが同じであるという話です。そういう普遍主義が古代にあったのですが、自然科学の進捗した結果、われわれはたいへんな個物主義、個物信仰に陥ってしまっているのです。これからなかなか抜け出ることができません。

だから先ほどの、大己貴に五つも六つも名前があるなどおかしいじゃないかと思ったりする。蛇がとぐろを巻いている姿に似ているから三輪山は蛇の神さまだとしか思えない。似ているから、ということばを入れないと現代人には理解できないのです。

昔はそうではありません。「三輪山は蛇だ」と思うのです。その普遍主義、普遍的認識が古代の最大の認識です。ですから、剣であり雷であり、蛇でありというのは、すべてイコールなのです。八千矛がそうでしょう。わたしは、矛は蛇であると述べましたが、これも矛と蛇とを区別していると大変わかりにくい。それらはひとつだと考えるべきです。

いきなりジャマイカの例を出しますが、西インド諸島のジャマイカには十七世紀以前にタイノ人がいました。その人たちは、雨雲の神さま「ボイナ」を信仰していた。ボイナは、灰色の蛇の姿をしています。つまり、蛇と雨雲はまったく同じなのです。その蛇が竜になったり雷になったりするのです。そういうものとして、雷の神を古代人は考えました。

神の誕生

雷神というのは非常に偉大な神さまです。先ほど、地震、雷と述べました。地震の次ですが、まだ太陽神は出てこないですね。太陽神への尊崇は、少し遅れるとわたしは思っています。雷神信仰が最初です。

そこで、雷神が三輪山の神さまのもうひとつの神格であったという話になります。味耜高彦根は雷で、そのお父さんが大国主です。大国主は大物主の別名ですから同じ神格としてお話ししています。そうすると、大物主の神格も、単なる地上の支配者だけではなくて、天上の雷の霊力まで備えている神さまだということになります。

味耜高彦根が雷の神さまだということを申しました。その味耜高彦根について『古事記』には、「賀茂《かも》神である」と書いてあります。葛城《かつらぎ》山の麓、高鴨《たかかも》神社のご祭神です。賀茂神で有名なのは、京都の上賀茂、下鴨ですが、「高鴨から移った」と書いてありますから、賀茂のルーツは高鴨です。

じつは賀茂神という神さまがわかりにくいのですが、カモと似たことばがカミで、「賀茂」と「神」は同じ仲間のことばです。日本語のルールからすると、このふたつのことばはまったく一緒で、同じ物を代わった概念で表すものがカモとカミです。

そうすると、三輪山に祀《まつ》っていたのは何か。これは本来「もの」でした。三輪山では元来「もの」つまり森羅万象の支配者を祀っていて、葛城で祀っていたのは「賀茂」つまり多少違うカミです。

本来カミとは霊威をもつ超越者的存在のことで、これを縄文時代にはすべて「もの」といっていたのだろうと思います。

ところが新しく、カミを持った一族が現れ、それを多少違う「カモ」を持った一族が葛城に登場します。これが新しい神、味耜高彦根つまり雷神を連れて来ました。その最初の話が、味耜高彦根を賀茂神だというものです。

『日本書紀』雄略天皇の段に、一言主《ひとことぬし》が登場してくる時の話があります。大和王権の代表、雄略天皇が山に登ったら、山の中に自分と同じ格好をしているものがいて、それが葛城の一言主神であった。つまり一言主は託宣、神託を司る役割を持った神さまで、事代主と同じです。そういう神さまがここで出現をしてきた。

やはり、雷神を信仰していてこれが味耜高彦根神。事代主にあたる職掌を持っていたのが一言主神です。一方こちら側には大国主や大物主がいて、その子どもが事代主である、という形になります。そういう相似の格好をとって、葛城に賀茂神信仰があったのではないか、と思います。

しかし大物主信仰の中に雷神信仰を取り入れて、味耜高彦根神が子どもであるという系譜ができあがりました。

そのできあがる素地、証拠は他にもあります。大物主が三島溝咋《みしまのみぞくい》の娘に求婚する時に、姫がトイレに入っていた時、大物主が丹塗矢《にぬりや》に化けてホトを突いたのです。娘が赤く塗ったその矢を持っていって床の横においたら男になった。これはすなわち『山城国風土記《やましろのくにふどき》』にある賀茂信仰の丹塗矢ですね。玉依日売《たまよりひめ》が川上から流れてきた丹塗矢を床の横へ置いておいたら、妊娠したという話があります。真っ赤に塗った矢というのは、稲妻のシンボルです。

味耜高彦根神というのは、弥生族の一派が持っていた雷神だったのではないかと思います。それが大和へ入りこんできて、まず葛城に本拠地を求め、信仰圏をつくる時期があったのだと思います。

つまり、三輪山には残りつづける縄文の信仰と新たな国土神、さらに雷神の信仰が重層して集まっています。

しかしやがて大神《おおみわ》の神が大和全体を統一した。そこで賀茂の神は山城の国へ移ります。出雲でも宍道湖のあたりが農耕に適した汽水圏でしたから、同じように出雲縄文人が縄文時代の神さまを祀っていたと思います。そこへ稲作を持って大陸からやって来た天孫族が国を譲れといいました。『古事記』では建御雷《たてみかずち》の神ですが、そこで、肥沃な土地を捨てたのです。

弥生の農耕の最適地というのは二カ所、難波と出雲です。出雲はそのまま中心地として残っていますが、難波の方は大和圏の中にいち早く繰り入れられて消えてしまったものですから、二大王権が大和と出雲にあるという伝承になっているのです。

じつはそうではなく、稲作の中心が最初は難波と出雲です。そして新しい渡来者が入ってきて、大和に都を造りました。大和王権を樹て、そこで巨大な三世紀の古墳を造りました。うまく縄文と融合した格好で、巨大な王権を作り上げたのです。出雲はそうはいきませんでした。出雲で敗退した縄文人は諏訪湖まで逃げて行ったのです。

しかし大和ではどんどん神格を増やしていきました。大国主は大地の神さまでしたが、弥生型の葦原醜男だといったり、今度は天上の神格をも持ってきました。それが雷神の信仰です。味耜高彦根と天稚彦が似ているといいましたが、天稚彦というのは天上のプリンスという意味で、味耜高彦根は雷鳴ですから、天から雷鳴が降ってくるので、これは性格が似ているのです。

ただし雷鳴が有効なのは、地上においてこそです。空中の窒素を分解して肥料にするから国土が肥沃になるのです。雷は、天上で鳴っている間はべつに何もありませんが、落ちるとそこに効果や被害があるのです。だから、地上において絶大な力を発効する。つまりこれは天と地の力を全部取り入れて、三輪山の神さまの神格がどんどん増えて上がっていったのです。

そのことによって三輪信仰が巨大なものになりました。その時にはもはや「もの」ということばでは呼ばれずに、新しく入ってきた概念の「かみ」ということばに呼び替えられています。

物の神は大地の神を取り入れ、雷神をくみ入れて葦原も支配する、天上にまで支配権を及ぼす大地の神さまになりました。三輪の神は日本列島における信仰史を典型的に体現した信仰の拠点でしょう。

あとがき

さる三月、日本は未曾有の大震災に見舞われた。当初はさほど深刻に考えなかったわたしも、東京で帰宅難民となり、つくづくと人間の浅はかさと自然の厳しさを知った。生涯でもっとも、生命を考え、生き方を自問する機会であった。

当然、日本人であるわたしは、日本人としてどう生きるべきかを考えこんだのである。物は目に見えるものばかりでないこともこの際、改めて認識した。古来日本人が「たまきはるいのち」といってきたのも、「いのち」というものが無限の魂を必須条件として要求しているのだと強く感じた。

また生きるとは、息をすることだという。それも改めて吟味すると、呼吸によって体内を新陳代謝し、水分を多くとり、刻々に生命体を改新していることだと、教えてくれた。

「生きる」とは具体的なことであった。

ここに集めたささやかな文章は、さまざまな機会にことばを手がかりとして、自由に日本人の生き方を語ったものである。膨大な材料から、かつてわたしの教室で出会った東京書籍の小島岳彦君が選んでくれた。改めて同君に感謝申し上げる。

震災を共にし、どのように生きるかを改めて考えようとしている読者のみなさんが読んで下さると、うれしい。

著者

二〇一一年　盛夏　京都にて

初出一覧

情に生きる——理を超えようとする力
日本女子大学教養特別講義「日本文化とはなにか」2006年10月12日
ありがとう——感謝という覚悟
「理念と経営」2009年2月号(コスモ教育出版)
悼む——与謝野晶子 愛と別れの歌
「与謝野晶子倶楽部機関誌」第2号 1998年5月(与謝野晶子倶楽部)
いのち——自然と生命
第4回上田三四二賞発表会「上田三四二と古典」1993年5月15日
感じる——吉野の象
「日本書芸院会報」114号　2001年9月(日本書芸院)
きく——「聞く」と「見る」
「まちとすまい」第51号 1996年(住宅・都市整備公団)
つくる——大伴家持の芸術
全国万葉フェスティバル in 高岡「大伴家持は芸術家だったか」
1998年10月3日
うそ——文学のいのち
「上代文学」89号　2002年11月(上代文学会)
かおる——香りと匂い
「松隠」第44号　2010年4月15日(志野流香道松隠会)
みず——暮らしと文学
「京のれん」2003年9月号(京都府物産協会)
みち——国づくりの道、恋の道
「奈良新聞」2002年7月4日
自然——宇宙とことば
「杉」創刊35周年記念大会講演 2005年10月22日
きわみ——祈りと肉体
兵庫県神道青年会定例総会記念講演より「兵庫県神道青年会再建
20−30周年主要講演集」収録(兵庫県神道青年会)1994年7月5日
異界——他界への越境
「神々と森と人のいとなみを考えるⅢ　海の巻」2007年7月号
(明治神宮社務所)
ものの神・ことの神——神々のことば
「大美和」第108号 2005年1月号(大神神社)

著者略歴

中西進（なかにしすすむ）

1929年東京生まれ。国文学者。

東京大学大学院修了、文学博士。プリンストン大学客員教授、筑波大学教授、国際日本文化研究センター教授、大阪女子大学学長、京都市立芸術大学学長、奈良県立万葉文化館館長、日本学術会議会員、日本比較文学会会長、東アジア比較文化国際会議会長などを歴任。

現在、全国大学国語国文学会会長、高志の国文学館館長。

日本学士院賞、菊池寛賞、読売文学賞、大佛次郎賞、和辻哲郎文化賞ほか受賞多数。文化勲章受章。

著書は『中西進 日本文化をよむ』（全6巻・小沢書店）、『中西進 万葉論集』（全8巻・講談社）、『こころの日本文化史』（岩波書店）、『ことばのこころ』（東京書籍）などのほか、『日本人の忘れもの』シリーズ（ウェッジ）、『辞世のことば』（中央公論新社）、『中西進著作集』（全36巻・四季社）ほかがある。

日本人《にほんじん》の愛《あい》したことば

平成二十三年九月七日　第一刷発行
平成三十一年四月十九日　第二刷発行

著　者　中西　進
発行者　千石雅仁
発行所　東京書籍株式会社
〒一一四―八五二四
東京都北区堀船二―一七―一
電話〇三（五三九〇）七五三一（営業）
〇三（五三九〇）七五〇七（編集）

印刷・製本　図書印刷株式会社

ISBN978-4-487-80565-5 C0095

https://www.tokyo-shoseki.co.jp